그때 너에게
같이 가자고
말할걸

그때 너에게
같이 가자고
    말할걸

1판 1쇄 인쇄 2021. 2. 19.
1판 1쇄 발행 2021. 2. 27.

지은이 이정환

발행인 고세규
편집 김민경 디자인 박주희 마케팅 김새로미 홍보 이혜진
발행처 김영사

등록 1979년 5월 17일 (제406-2003-036호)
주소 경기도 파주시 문발로 197(문발동) 우편번호 10881
전화 마케팅부 031)955-3100, 편집부 031)955-3200 | 팩스 031)955-3111

값은 뒤표지에 있습니다.
ISBN 978-89-349-8922-6   03810

홈페이지 www.gimmyoung.com   블로그 blog.naver.com/gybook
인스타그램 instagram.com/gimmyoung   이메일 bestbook@gimmyoung.com

좋은 독자가 좋은 책을 만듭니다.
김영사는 독자 여러분의 의견에 항상 귀 기울이고 있습니다.

이정환 지음

그때 너에게
같이 가자고
말할걸

낯설 만큼
눈부신,
낯 뜨겁게
설레던

DAYS

고래북스

매일 아침 졸린 눈을 비비고 일어나 씻지도 못한 채 환자들의 얼굴을 마주하고, 수술방에 들어가 교수님들의 수술을 어시스트합니다. 수술이 끝나면 회진을 돌고 컨설트가 이어집니다. 이 일과가 끝나면, 수술한 환자들의 상태를 확인하고 다음 날에 있을 수술 준비를 합니다. 그사이 응급실 당직 콜이 쏟아지고, 혹여 응급 수술이라도 있는 날에는 순식간에 하루가 날아갑니다. 눈을 뜨고 있는 시간이 길어질수록, 흰 벽을 마주하는 시간이 길어질수록 기억조차 없는 달력 속 날짜는 늘어갔습니다.

그렇게 저는 지구 반대편 어딘가로 날아왔습니다. 매일 아침 졸린 눈을 비비고 일어나 역시 씻지 않은 얼굴로 주섬주섬 배낭을 싸고, 20kg이 넘는 가방을 둘러메고 버스정류장으로 향합니다. 버스 정보를 얻기 위해 손짓, 발짓에 윙크까지 수차례하고 나서야 겨우 타야 할 버스가 어떤 버스인지 확인할 수 있습니다. 한국처럼 정확한 나라는 없습니다. 버스가 오면 배낭을 안전하게 짐칸에 안착시키고 버스에 올라탑니다. 그리고 보조가방을 꼭 끌어안고서 비로소 잠을 청합니다. 한국에 있는 친구들이 멀리 떠나온 저에게 묻습니다

"왜 그래? 힘들었어?"

　　　　　　⋮

"아니, 힘들었지만 할 만했어."
'할 만…… . 했어야 했어.'

　의대에 들어와 의사가 된다는 것은 잘 닦인 기차 선로 위를 지나는 것과 같습니다. 큰 이변이 없는 한 기차는 탈선하지 않고 안전하게 안정적이고 편안한 목적지로 안착합니다. 하지만 어째서인지 행복하지 않았습니다.

　생각해보면 시간과 풍경이 어떻게 지나가고 있는지도 모른 채 달리고 있다는 걸 자각하면서부터였던 것 같습니다. 문득 기차 밖의 세상, 정확히는 놓치고 지나온 길이 궁금했습니다. 그렇게 모든 걸 내려놓고 빠르고 쾌적한 기차에서 내렸습니다. 함께 출발했던 친구들을 기차에 실어 보내고 길 위에 혼자 서있는 제게 친구들이 다시 묻습니다.

"그래, 떠나보니 어때?"
"쉽지 않아. 그렇지만 정말 행복해."

선로 밖 길에서 어떤 답을 찾았느냐고 묻는다면,

아직 찾는 중이라고 말할 수밖에 없습니다. 하지만 분명한 것은 전처럼 막연하지 않다는 것입니다. 이제는 빠르게 달리는 기차에서도 창밖의 아름다움을 발견할 수 있게 되었거든요.

잠시 내려놓고 떠나온 1년, 지금의 저를 만든 길 위의 시간을 여러분께 보여드리려고 합니다. 탈선해도 괜찮더라고요. 어쩌면 저라는 존재는 현실을 벗어나고 싶은 여러분의 또 다른 모습일지도 모르겠습니다. 비록 당장 떠나지는 못하지만, 언젠가 지구 반대편 어딘가에서 저처럼 다른 풍경을 마주할 여러분을 떠올려보셨으면 좋겠습니다. 한결 자유로워진 여러분 자신에게 미리 인사를 건네보시면 어떨까요?

언젠가 길 위에서 마주하게 될 날을 기대하겠습니다. 그땐 친구로 함께할 수 있기를.

목차

새로운 세상을 만나고 싶다면
지금 타고 있는 기차에서
내려야 해

1
─

자유의 기차

"헉! 이게 뭐야?"

외마디 비명과 함께 등 뒤를 살폈다. 딱딱한 침대에는 내 땀으로 추정되는 물이 한 바가지 고여 있었다. 아무리 아프리카라지만 너무하다 싶은 더위였다. 탄자니아 다르에스살람과 잠비아의 카피리음포시를 잇는 동아프리카 철도를 달리는 타자라 기차 이등석 2층 침대 위. 이곳에 아프리카를 횡단하는 침대 열차의 낭만은 없었다. 실용성을 가장 우선으로 두고 만들어진 듯한 기차의 내부에는 양쪽으로 침대들이 빽빽하게 놓여있었으며, 그 사이로 사람 한 명이 겨우 지나갈 정도의 공간만 있었다. 가만히 누워있자면 낭만 따위는 없는, 갑갑한 관 속에 누워있는 기분이 들었다. 게다가 이 무더위 속에서 에어컨은 꿈도 못 꾸고, 그나마 혼신의 힘을 다해 돌아가고 있는 낡은 선풍기는 오래된 트랙터 같은 소리를 내며 뜨거운 기침을 토해내고 있었다.

한때 구리 광물을 운반하며 '자유의 기차'라고 불렸던 이 기차는 목적지인 잠비아의 카피리음포시까지 40시간이 걸린다고 공식적으로 나와 있지만 사실 50시간이 걸릴지, 60시간이 걸릴지 아무도 알 수 없었다. 타자라 기차는 내륙국가인 잠비아가 소수 백인정권이었던 로디지아와 남아프리카 공화국의 경제적 의존에서 벗어나기 위해 탄자니아와 중국 정부와 손잡고 함께 만든 운송 수단이다. 덕분에 잠비아는 백인이 통치하는 영토를 통과하지 않고 구리를 채굴해 항구로 보낼 수 있었다. 이러한 이유 때문에 기차는 영국 제국주의와 인종차별 정책을 펴는 남아공으로부터의 해방을 의미하기도 했다.

얼마나 잤을까. 더위에 지쳐 눈을 떴을 때 애석하게도 겨우 두 시간이 흘러있었다. 아프리카의 악명 높은 더위에 대해 각오는 했지만 상상이상이었다.

이집트부터 남아공까지, 아프리카를 북에서 남으로 종주하는 이 일정에는 총 여섯 명이 함께했다. 이들은 이집트 다합에서 만난 여행자들로, 모두 장기여행 중이었으며, 웬만한 고난쯤은 아무것도 아닌 베테랑 여행자들이었다. 하지만 주위를 둘러보니 이번만큼은 달라 보였다. 눈은 상한 생선 눈마냥 풀려있었고, 구릿빛 몸매를 뽐내며 건강미를 발산하던 서양의 사내들은 아무렇게나 구겨져 있었다. 그리고 한쪽에선 코미디 영화를 보며 눈물, 콧물을 짜내고 있었다. 저마다 힘겹게 자유의 기차와 싸우고 있었다.

종일 더위에 시달린 탓에 해가 지기만을 간절히 기다렸지만 해가 져도 상황은 크게 달라지지 않았다. 낮 동안 제대로 달궈진 기차는 금세 식지 않았다. 어쩔 수 없이 창문을 열어 둘 수밖에 없었는데, 이 창문은 마치 시공간을 자유자재로 이동하는 '닥터 스트레인저'의 마법처럼 끊임없이 특대 사이즈의 나방과 이름 모를 벌레들을 소환했다. 밝은 빛이 문제였다. 우리는 어쩔 수 없이 밝음을 포기하고 어둠을 택했다. 하지만 어둠은 또 다른 것들을 소환하기 시작했다. 불을 끄자 바스락거리는 소리가 거칠게 들려왔다. 무슨 일인가 싶어 다시 불을 켰을 때, 우리는 아프리카의 사파리 투어 대신 바퀴벌레 투어에 온 듯한 끔찍한 풍경

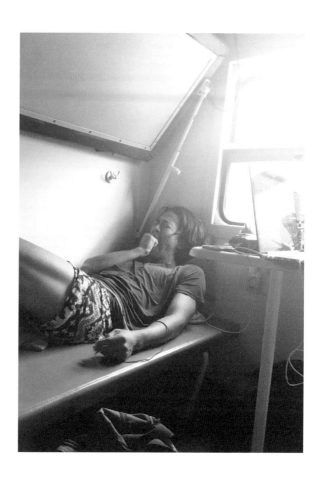

과 마주했다. 불을 켜면 날개 달린 녀석이, 불을 끄면 다리 많은 녀석이 끊임없이 소환되는, 날것의 밤을 만 끽하며 그렇게 하루를 마감했다.

이른 아침, 스산한 느낌이 들어 창밖을 보니 비가 내리고 있었다. 조금 시원해지리라는 기대에 콧노래 가 나왔다. 하지만 자유의 기차에 중간이란 없었다. 덥 거나, 춥거나 둘 중 하나였다. 기차는 어제의 열기는 잊어버린 듯 차가운 기운을 마구 내뿜기 시작했다. 급 변한 날씨에 옷을 주섬주섬 챙겨 입었다. 그래도 살인 적인 더위보다 훨씬 견디기 좋은 상황이었다.

한결 컨디션이 나아진 우리는 기차 구경을 나섰 고, 약속이라도 한 듯 모두 식당으로 모여들었다. 그곳 에는 치킨과 생선으로 만든 다양한 음식이 있었고, 이 곳 사람들의 주식인 시마(옥수수가루를 물로 반죽해 만든 죽처럼 생긴 음식)를 팔고 있었다. 현지인들이 맨손으로 주물럭거리며 먹는 모습이 다소 낯설었지만 생각보 다 괜찮은 음식이었다. 하지만 먹으면 먹을수록 채워 지지 않는 허전함이 느껴졌다. 그 허전함의 정체는 얼 큰함이었다. 마침 밖에는 비가 내리고 있었고, 우리의 지친 영혼과 육신은 이 고난과 시련을 위로해 줄 찡한 고향의 맛을 원하고 있었다.

여행을 갈 때 꼭 챙겨야 할 필수품이 있다. 언제나

빵빵하게 음악을 들을 수 있는 블루투스 스피커, 모든 음식에 고향의 맛을 더해주는 다시마와 라면 수프 그리고 만능 조리 도구인 코펠. 우리는 기차가 정차역에 서자마자 코펠과 마법의 가루들을 가지고 뛰어내렸다. 아프리카의 풀밭 위에 소박한 잔칫상이 펼쳐졌고, 보글보글 소리를 내며 뭉게뭉게 피어오르는 얼큰한 향은 우리의 지친 영혼을 풍요롭게 채워주었다. 맛에 대한 기대가 괴로움으로 느껴질 만큼 기다림의 시간이 길게 느껴졌다. 드디어 냄비 뚜껑을 열자, 비를 가득 머금은 아프리카의 바람은 라면을 통해 고향의 냄새를 소환했다. 잘 익은 면과 매콤한 국물은 약간의 과장을 보태 부모님과 한국의 집이 그려지는 맛이었다.

배가 부르고 등이 시원하니 그제야 풍경이 눈에 들어왔다. 기찻길 위로 수놓아진 아프리카의 풍경은 흘러간다는 것이 무엇인지 알려주는 듯했다. 누구도 지나간 적 없어 보이는 날것의 아프리카가 눈앞에 펼쳐졌다. 길옆의 수많은 나무의 잎사귀는 비를 맞아 어지럽도록 아름다운 푸르름을 발산하고 있었다. 저지대 사바나를 거쳐 고원지대를 오르내리며 마주한 창밖 세상은 꽤 낯설고 다른 의미의 화려함을 뽐내고 있었다. 기차는 여러 차례 정차와 지연 운행을 반복했다. 기끔 마을 인근에 정차할 때면 마을사람들이 바나나

나 망고, 옥수수, 사탕수수 그리고 집에서 만든 음식을 가져와 파는 진풍경이 펼쳐졌다. 그리고 기차가 떠날 때면 아이들은 경주라도 하듯 맑은 미소를 띠며 기차를 쫓아왔다. 이곳의 풍경을 닮은 순수하고 밝은 미소였다. 나도 누군가를 향해 그렇게 달려가고픈 마음이 들었다.

기차는 화염지옥에서 출발해, 벌레 천국과 얼음 도시를 지나, 비와 함께 많은 추억을 싣고 52시간 만에 목적지인 잠비아 카피리음포시로 우리를 데려다주었다. 고난 가득했던 여정 때문에 회의와 후회가 수도 없이 들었지만, 도착이 주는 안도감은 그 모든 것을 잊게 했다.

우리는 너덜너덜해진 몸으로 안도의 미소를 주고받으며 한 가지 굳은 결심을 했다. 이번 여행에서 다시는 기차를 타지 않기로. '자유의 기차'는 마지막에서야 우리에게 진짜 '자유'를 주었다.

아프리카의 뜨거운 햇볕이 작열하는 푸른 언덕, 목동 칼디는 그의 염소들과 휴식을 취하고 있었다. 그런데 염소들이 작고 둥글게 생긴 이름 모를 붉은 열매를 먹고 있는 것이 아닌가. 얼마 뒤 열매를 먹은 염소들이 마치 춤을 추듯 휘청거리기 시작했다. 호기심이 생긴 칼디는 이 열매를 집으로 가져와 물에 끓여 마셔보았다. 그러자 머리가 맑아지고 기분이 상쾌해졌다. 칼디는 이 신기한 열매를 이슬람 수도원의 수도사에게 가져가 보여주었다. 하지만 수도사들은 악마의 열매일지도 모른다며 열매를 불 속에 던져버렸다. 그런데 잠시 뒤 열매는 불에 타면서 독특한 향기를 풍겨내기 시작했고, 그 향기에 매료된 수도사들은 탄 열매를 꺼내어 뜨거운 물을 붓고 밤샘 기도 때마다 우려내 마셨다. 이것이 커피의 유래이다.

우리가 즐겨 마시는 커피는 에티오피아에서 유래됐다. 커피의 본고장답게 에티오피아에는 특색 있는 커피숍이 많다. 가격 또한 매우 저렴해 커피를 즐기기에 더할 나위 없이 좋은 환경이다. 우리는 여러 커피숍을 둘러보다 길거리의 한 노점에 마음을 빼앗겼다. 그곳은 포장마차처럼 균형이 안 맞는 플라스틱 의자 몇 개와 들쑥날쑥 이가 나간 커피잔 몇 개를 놓고 뜨거운 햇볕에 지친 사람들의 기운을 돋워주고 있었다. 가장 좋았던 것은 숯불에 직접 커피를 볶아 손수 내려주는 것이었다. 여섯 명이나 되는 단체 손님에 주인아주머니는 환한 웃음을 보였다.

아주머니는 주문을 받자마자 자루에서 싱싱한 원두를 꺼내 그 자리에서 바로 볶기 시작했다. 우리는 아주머니를 둘러싼 채 서있었다. 아주머니의 손이 더욱 분주하게 움직였다. 드디어 노란 원두가 우리가 아는 커피콩의 모습으로 바뀌자, 우리의 온 감각이 커피를 갈망하고 있었다. 갓 볶은 원두가 만들어낼 향기로

운 커피를 상상하며 행복에 취해있을 무렵, 놀라운 광
경이 우리의 꿈을 깨주었다. 아주머니는 너무나도 자연
스럽게 한쪽 구석에 놓여 있던 주전자로 손을 뻗었다.
미리 끓여둔 커피였다. 아주머니는 커피 여섯 잔을 내
밀었다. 우리는 말없이 서로의 눈을 한참 바라보았다.

"아프리카도 타락했구나……."
"아프리카도 자본주의에 물들었어."

그렇게 푸념을 하며 커피 한 모금을 넘겼다. 무언
가를 가릴 처지가 아니었다. 그런데 한 모금 넘기자
웬걸. 믿을 수 없는 풍미가 모든 감각을 사로잡았다.
놀라운 세계였다. 우리는 서로 마주 보며 웃었다. 작
은 공간을 가득 채운 향긋하고 구수한 커피향과 입 안
가득 맴도는 알싸한 맛 그리고 우리를 넌지시 지켜보
며 수줍게 미소 짓는 아주머니까지, 더할 나위 없었다.
커피값은 한 잔에 고작 200원. 갓 볶았든, 아니든 아
주머니는 다 계획이 있나니. 역시 고수는 장비와 환경
따윈 고려하지 않음을 다시 깨달았다. 멀고도 낯선 세
계에서 만난 진짜 소확행이었다.

사과문.

본인은 태생적으로 겁쟁이임에도 불구하고
이를 망각하고 빅토리아 다리 위에서
당당히 뛰어내리겠다고 망언을 내뱉은 점,
진심으로 사과드립니다.
다리 위에 올라와 억겁의 고민과 말도 안 되는
시뮬레이션을 반복한 결과, 번지점프는
본인과 맞지 않는 여가활동임을 깨달았습니다.
잘못했습니다. 오래 살고 싶습니다.

세계 3대 폭포로 꼽히는 빅토리아 폭포에서 온몸이 흠뻑 젖을 만큼 물보라를 느끼며 신나게 놀고 있는데, 저 멀리서 비명이 연이어 들려왔다. 워낙 흉흉한 이야기가 많은 아프리카였던지라 연이은 괴성에 두려움이 몰려왔다. 하지만 무슨 일이 벌어졌는지 알고 싶은 호기심도 같은 크기로 부풀어 올랐다. 비명의 출처를 두 눈으로 확인하고 싶었던 나는 소리의 근원지를 찾아 나섰다.

폭포를 가로질러 10여 분 정도 걸어가자, 누군가 줄에 매달린 채 비명을 지르고 있었다. 비명의 근원지는 바로 빅토리아 폭포의 명물, 번지점프대였다. 빅토리아 폭포는 폭 1,676m, 최대 낙차 108m로 세계에서 가장 긴 폭포이다. 아프리카 남부 잠비아와 짐바브

웨의 국경을 가로지르는 잠베지강 중류에 위치한 관광명소이다. 영국의 탐험가 데이비드 리빙스턴이라는 사람이 이곳을 처음 발견하였는데, 그는 잠베지강 탐험을 하던 중 굉음을 듣고 원주민에게 무슨 소리인지 물었다. 그러자 원주민이 그곳은 악마가 사는 곳이라 갈 수 없으니 궁금해하지도 말라고 했다고 한다. 하지만 끝내 고집을 피워 그곳으로 향했고, 빅토리아 폭포를 발견했다. 그는 빅토리아 여왕의 이름을 따 '빅토리아 폭포'라고 이름을 짓고, 도시는 자신의 이름을 따 '리빙스턴'이라고 이름 붙였다.

발목에 줄을 묶고 111m 상공의 다리 난간에서 뛰어내리는 이 무모한 행위는 이곳의 가장 유명한 관광상품이다. 다리에 매달린 사람들의 표정은 하나같이 밝아 보였고, 어떤 이는 양손을 치켜들며 뛰어내리고 있었다. 정말 멋있는 모습이었다. 어느새 나는 나도 모르게 그들의 모습에 나를 투영하고 있었다. 멋있게 몸을 던지는 나의 모습을 보고 환호할 지인들을 떠올렸다. 급기야 번지점프를 하겠다고 SNS에 선언을 하기에 이르렀다.

다음 날. 다리로 향했을 때 완벽한 하루의 시작을 알리기라도 하듯, 구름 한 점 없는 하늘과 눈부신 햇살 아래로 잠베지강이 유유히 흐르고 있었다. 마침 번

지점프대 아래로 멋들어진 무지개도 걸려 있었다. 모든 게 나의 도전을 응원하는 것 같았다. 긴 줄의 끝에 드디어 나의 차례가 되었다. '이제 멋지게 팔을 펼치고 몸을 던지면 되는 거야!' 그런데 웬걸 허공을 향해 자유롭게 날아오를 나를 상상하며 팔을 벌리려 했지만 팔이 몸에 딱 붙어 떨어지지 않았다. 아래를 내려다보자 모든 것이 백지로 변했다. 푸른 하늘도, 눈부신 햇살도, 환상적인 무지개도 보이지 않았다. 111m 상공은 인간이 가늠 불가한 어마어마한 높이였고, 사진 속 즐거워 보였던 사람들의 표정도 어쩌면 정신이 혼미해서 나온 헛웃음일지도 모른다는 생각이 들었다. 정신을 차리고 주변을 둘러보니 번지점프대에 선 사람들의 표정은 마치 보톡스라도 맞은 듯 입 꼬리가 경직되어 있었고, 뛰어내릴 때 외마디 비명조차 지르지 못했다. 그러니까 내가 본 그 함박웃음은 죽음의 공포에서 장렬히 살아 돌아온 자들의 안도의 환호성이었던 것이다.

이대로 포기하고 내려가야만 하나 수천 번의 고민이 들었지만 전날 호기롭게 내건 공약과 아쉬움 때문에 쉽게 발이 떨어지지 않았다. 사실 나는 고소공포증도 있는 사람이었다. 지갑 속에 넣어둔 가족사진을 꺼내어 몇 번이나 들여다보고 마음을 다잡았지만 도무

지 발이 떨어지지 않았다. 그렇게 아무런 결정도 내리지 못한 채 답답한 시간을 보냈다. '그래, 한 바퀴만 돌고 다시 와보는 거야.'

다급한 마음은 잠시 접어두고 폭포 주변을 구경하며 심기일전의 시간을 가지기로 했다. 그런데 그렇게 다리에서 등을 돌리는 순간, 갑자기 마음이 가벼워지고 머리가 맑아지는 것이 아닌가. 멋지게 성공하고 싶은 욕심과 무모함이 두려움과 후회를 불러 발목을 잡았던 것이다.

여행을 하면서 되도록 많은 것을 경험해보자고 다짐했었다. 하지만 왜 그래야 하는지 명확한 목적이 없었다. 무엇을 위해 고소공포증까지 참아가며 하려고 했을까. 나의 어리석음과 한계를 깨닫는 순간이었다. 비록 후회로 점철된 시간이었지만 다른 이의 도전을 응원하고 축하하는 것만으로도 기쁨과 성취감을 느낄 수 있었다. 두려움의 대상으로 느껴지던 빅토리아 폭포는 한 걸음 물러선 나에게 광활한 자연의 아름다움을 선사해 주었다. 이날을 계기로 가슴에 한 마디를 새겨 넣었다. '할까 말까 할 때는 하지 말자. 포기해도 그렇게 큰일은 나지 않는다.'

나미비아 에토샤 국립공원의 워터홀, 사파리 투어를 기다리고 있다. 평소 동물에 큰 관심도 없는 편인데 어찌된 일인지 시작 전부터 심장이 요동친다. 워터홀은 물이 고여 있는 작은 호수를 뜻한다. 지친 발걸음을 이끌고 여기까지 달려온 여행자들이 잠시 숨을 고르고 쉬어 가기 좋은 곳이다. 이곳에서는 무언가를 찾아 헤매거나 무언가를 하려고 안달하지 않아도 좋다. 그저 조용히 앉아 호숫가를 바라보면 된다.

호수의 표면 위로 서양이 붉은 빛이 번지고 초원의

선선한 바람이 불어오면, 무대에 오르는 배우처럼 동물들이 하나둘 워터홀로 모여든다. 그렇게 숨소리마저 조심스러운 시간, 아름다운 연극 한 편이 펼쳐진다.

관객들에게 첫인사를 건네는 건 얼룩말이다. 분장실에서 막 나온 듯 엉덩이를 씰룩이며 달려와 분위기를 띄운다. 현란한 얼룩무늬와 생동감 넘치는 몸짓에 사람들의 시선이 고정된다. 임팔라는 극단의 막내처럼 어리둥절한 표정과 귀여운 몸짓으로 재롱을 부린다. 이리저리 우왕좌왕하다 다음 배우가 무대 위로 등장하면 조르르 사라지는데, 이 모습마저도 사랑스럽다. 임팔라가 떠난 자리를 채워주는 건 기린이다. 등장부터 압도적이다. 석양을 배경으로 긴 다리를 펼치곤 우아하게 머리를 숙여 목을 축이는 모습에 감동마저 느껴진다.

조잘조잘 새들도 연극에서 빠질 수 없다. 무대의 양 끝을 날아다니며 지저귀는 소리는 연극의 감동을 배가시킨다. 그 어떤 악기의 소리보다 아름답고, 마음에 평안을 가져다준다. 코뿔소의 유유자적한 목욕 장면은 시간이 멈춘 듯한 기분마저 든다. 뭐가 그렇게 바쁘고, 정신없이 살고 있느냐고 무심히 묻는 듯하다. 시시각각 옷을 갈아입던 태양이 구름을 끌어다 자취를 감춘다. 젖은 몸을 탈탈 털며 물가를 여유롭게 떠

나는 코뿔소의 뒷모습을 마지막으로 연극은 막을 내린다. 어느새 마음이 자연의 풍요로움으로 가득 찬다. 평생 잊지 못할 한 편의 무대를 선사해준 동물 친구들에게 알아듣지도 못하는 '안녕'을 외치며 감사 인사를 전한다.

가끔은 아무것도 하지 않고 가만히 흘러가는 것을 느끼기만 해도 무언가 얻어질 때가 있다. 더 가지기 위해 애쓸수록 텅 빈 느낌이 들 때가 있는데 그 이유를 알 것 같았다. 유유히 흐르는 태양의 움직임, 습기가 섞인 바람, 바람의 흐름에 맞추어 흔들리는 꽃들, 주어진 환경에서 욕심부리지 않고 순리대로 살아가는 동물들……. 언젠가 공허함이 느껴질 때 이 순간을 떠올리며 가만히 있어 봐야겠다고 생각했다.

어쩌면 나도 코뿔소나 기린처럼 내 인생이라는 무대를 채우고 있는지도 모른다. 매일 무언가를 얻고 채우기 위해 아등바등 애쓰는 모습이 나은지, 매 순간 감사하고 작은 일에도 웃음을 잃지 않은 내가 멋진지는 생각해볼 일이다. 흐르는 시간에 그저 나를 맡겼는데 이렇게 얻어지는 것이 많다. 비로소 멈추면 보인다는 말의 의미를 조금 알 것 같은 밤이다.

누군가를 기다리는 시간

Zanzibar, Tanzania

나는 기다림에 서툰 편이다.
늘 빨리 지치고 조급해한다.
빠듯한 시간 속에 움직여야 했던
지난 시간들 때문일까.

그러던 내가 매일 다른 장소,
다른 시간의 일출과 일몰을 기다린다.
늦는다고 짜증 낼 필요도 없고
보지 못한다고 해도 내일 다시 찾아오는
사라지지 않는 것들.

기다림이란 상대방의 변치 않음을 믿고
스스로 여유로워지는 것.

언젠가 누군가를 기다리게 된다면
사라지지 않음을 오롯이 믿고,
그저 여유로운 마음과 다양한 사랑의 표정으로
기다려야지.

유난히 짙은 노을이
마음을 흠뻑 물들이는 어느 늦은 오후
그리운 얼굴 하나를 떠올려본다.

그와 소년의 눈빛

Mekelle, Ethiopia

에티오피아 북부 메켈레에서 다나킬 투어를 가던 날이었다. 다나킬 투어는 '지옥으로 가는 관문'이라 불리는 활화산인 에르타 알레를 만나는 투어다. 3천만 년 전 마그마가 아프리카 대륙을 뚫고 솟아오르는 바람에 생긴 이 화산은 아직도 활발히 활동 중이며, 세계에서 가장 오래된 활화산이기도 하다. 요즘도 2년에 한 번 정도 폭발을 하고 있다고 한다. 화산 주변에는 검게 튄 화산재와 굳어버린 용암이 있어 화산이 여전히 건재함을 보여준다.

37

그곳에 닿기 위해서는 스무 시간가량 비포장도로를 달리고 또 달려야 했다. 우리는 몇 시간의 이동 끝에 간단한 요기를 하기 위해 첫 번째 마을에 내렸다. 마을은 다소 을씨년스러운 모습이었다. 철골 구조가 훤히 드러난 벽에 군데군데 구멍이 난 슬레이트로 지붕을 만들어 덮은 집 몇 채가 줄지어 서있었고, 관광객을 위한 식당은 위가 뚫린 건물에 천을 둘러 간신히 천장만 가린 비닐하우스 같은 공간이었다. 화장실은 묘사도 할 수 없을 정도였고, 프라이버시는커녕 타인의 급습을 막을 문조차 없었다. 그렇게 주변을 둘러보다 무더위에 지친 나는 차가운 맥주를 시켜 몸과 마음의 열기를 털어내고 다시 차에 올랐다.

함께 차에 올라탄 사람들은 저마다, '음식 맛이 어떻네' '화장실이 더럽네' 하며 투덜댔다. 그러는 사이 마을 아이들이 우리 차로 몰려들었다. 마치 전쟁 영화 속에 등장하는, 미군을 보고 쫓아오는 옛날 우리네 아이들 같은 모습이었다. 아이들은 차를 빙 둘러싸고 간절한 표정을 지어 보였다. 그 표정을 보고 마음이 움직이지 않을 사람이 있을까. 아이들은 차창 너머로 필요한 것들을 얻어 갔다. 그렇게 몇 개의 마을을 더 거치며 준비해 간 군것질거리마저 다 떨어져갈 때쯤, 놀라운 광경이 펼쳐졌다. 그건 다른 의미의 놀라움이었다.

안락함이라곤 전혀 느낄 수 없는, 곧 무너진다 해도 전혀 이상하지 않은 건물들이 즐비해 있었다. 얼기설기 대충 엮은 나무에 간신히 천을 두른 두 평 남짓한 공간에는 사람과 가축이 뒤엉켜 살아가고 있었다. 자신보다 족히 두 배는 큰 덩치의 나무를 어깨에 지고 초점 없는 눈으로 내 옆을 스쳐 지나가는 아이들은 기껏해야 다섯, 여섯 살쯤 될까. 관념으로만 존재하던 가난의 실체를 마주한 순간, 조금 전 마을에서 무심히 내뱉은 불평이 얼마나 위선적이며 경솔했는지 마음이 따가워 견딜 수가 없었다.

아프리카에 도착한 첫날, 나는 그날을 기념하며 에어컨이 빵빵한 호텔 라운지에서 5달러가 넘는 값비싼 커피를 마셨다. 그날 누렸던 호사와 지금 눈앞에 펼쳐진 이들의 일상에 혼란이 밀려왔다. 비현실적인 괴리로 그렇게 혼란을 느끼던 중 두 아이가 우리가 탄 차를 향해 걸어왔다. 작은 아이의 눈에는 파리가 들끓고 있었고, 여러 분비물이 뒤섞여 나와 악취를 풍기고 있었다. 형으로 보이는 소년이 차마 말로 전하지 못하는 간절한 마음을 꾹꾹 눌러 담아 우리를 가만히 바라보았다. 말없이 바라보기는 우리도 마찬가지였다. 그들의 현실을 감히 짐작조차 할 수 없었기에 우리는 이 상황을 어떻게 받아들이고 행동해야 할지 몰랐다. 뜨거운 바람을 연신 뱉어내는 노쇠한 자동차의 창문 사이로 무겁고 긴 침묵이 흘렀다. 그리고 동생을 바라보던 소년의 눈에서 오랫동안 내 기억 속에 남아있던 한 사람이 떠올랐다.

응급실 인턴으로 일하던 어느 날 밤, 사이렌 소리가 멀리서부터 들려왔다. 응급실 문 앞에 이르러 사이렌 소리는 다급함을 알리며 멈춰섰고, 곧이어 흰 카트 위를 선연한 피로 물들인 환자가 실려 들어왔다. 구급대원이 격앙된 목소리로 "심정지!"를 외치자 환자는 곧바로 심폐소생실로 옮겨졌다. 교통사고를 당한 50대 중반의 남자였다. 응급의학과 교수님들이 신속하게 기도 삽관과 정맥로 확보, 각종 약물 처치와 심폐소생술을 시행했다. 하지만 계속되는 출혈로 환자의 혈압은 떨어지기 시작했고, 조금 더 굵은 관을 확보하기 위해 중심정맥관을 삽입해야 했다. 하지만 바람과는 달리 쉽게 확보되지 않았다. 몇 번의 시도와 실패가 반복되던 중, 갑자기 심폐소생실의 문이 열렸다. 그리고 환자의 보호자가 환자에게서 눈을 떼지 못한 채 힘없이 걸어왔다. 간호사가 황급히 다가가 제지하려는 순간, 그가 조심스럽게 말문을 열었다.

"저도 의사입니다. 제가 환자의 형인데 제가 도울

일은 없을까요?"

이례적인 경우였지만 여러 상황을 고려해 공조가 이루어졌다. 흉부 압박이 지속되고 있는 가운데 환자의 맥박을 유지하기 위해 응급의학과 교수님은 환자의 경정맥에서, 환자의 형은 허벅지의 대퇴정맥에서 중심정맥관 삽입을 시도했다. 그는 동생의 꺼져가는 맥박을 손가락으로 확인하며 최선을 다하고 있었다. 그의 손이 떨리고 있었다. 안타까운 시간들이 흘렀다. 야속하게도 중심정맥관은 쉽게 잡히지 않았다. 응급실 바닥에 늘어나는 피의 양만큼, 안타까움은 더욱 깊어졌고 환자의 혈관은 점점 좁아지고 있었다. 환자에게 부착된 기계에서 끊임없이 나오는 경고음과 함께 환자의 출혈은 계속되었고, 동생은 그렇게 우리와 형의 손을 떠나버렸다. 그는 멍들고 부어오른 동생의 허벅지를 바라보며 망연자실한 표정을 지었다.

나는 꺼져가는 생명을 살리고자 했던 그의 떨리는 손을, 삶의 기로에 서있는 동생을 바라보던 눈빛을 한동안 잊을 수 없었다. 생사의 기로에서 어떻게든 자신의 품으로 끌어올리려고 했던 형의 마음은 오늘 마주한 어린 소년의 눈빛과 참 많이 닮아있었다. 그때는 손을 놓쳤지만, 이번에는 놓치지 않기 위해 소년을 위해 무엇을 할 수 있을까 고민하다 일단 차에서 내렸다. 눈 상태를 살피고, 건강 상태를 본 다음 약간의 돈을 쥐여주었다. 나는 소년의 머리를 쓰다듬으며 고개를 끄덕였다. '언젠가, 안타깝게도 동생이 품에서 떠나게 된다고 하더라도 너무 힘들어하지 마'라고 말해주고 싶었다. 이 말은 응급실에서 최선을 다했던 형에게도 해주고 싶었던 말이다.

언젠가 다시 그를 만날 날이 온다면 말해주고 싶다. 당신의 탓이 아니라고. 부디 당신이 살리지 못한 것으로 생각하지 말고, 죄책감에 힘들어하지 말라고. 그저 당신의 손을 보며 자신이 살린 많은 이들을 더 자주 떠올리라고. 우리 모두는 누군가의 뜨거운 피와 깊은 어둠을 안고 살아가야 하는 사람들이니까.

에어컨이 나오지 않는 창문 없는 버스. 벌써 열 시간째 그대로 길 위에 멈춰 서있다. 퀴퀴한 땀 냄새는 버스 안을 가득 채우고, 찐득해진 몸은 누이기조차 힘들다. 욱신거리는 엉덩이를 의자에서 뗐다, 붙였다를 반복하며 버스 안 안내용 TV의 정체불명의 언어에 짜증이 날 때 즈음, 무심코 창밖으로 고개를 돌리자 나도 모르게 입가에 미소가 번진다. 아프리카의 햇살이 지친 나를 가만히 토닥여주고 있었다.

'힘들었던 오늘 하루,
　그대 아무 말도 하지 말라.'

오후 6시 40분,
막 열한 시간이 지나고 있었다.

300년을 살고
600년 동안 마른 채로
존재하고 있는
모든 것이 멈춰버린 곳,
데드블레이.

사람들의 목마름을 적셔주던
오아시스가 말라버린 흔적이다.
물과 나무가 존재하던

그 300년의 시절,
데드블레이의 이름은 무엇이었을까.

이곳에서 목을 축이며
지친 걸음을 쉬고,
다시 한 발짝 내디딜
힘을 얻었던 사람들은
모두 어디로 갔을까.

나 역시 다시 뛰기 위해
오아시스를 찾아왔다.
이 여행이 끝나면
나에게 어떤 흔적이 남을까.

한 가지 바라건대,
새로운 내가 되지 않아도 좋으니
그저 누군가의 목마름을
적셔줄 수 있는 사람이 되어 있기를.

비로소 마주한
낮 뜨겁게 설레는
풍경들

2 —

사람들에게 나의 직업을 공개하는 순간, 대체로 자신의 외모가 마음에 들지 않는다며 하소연을 늘어놓는다. 이런 불평을 듣는 일은 무척 익숙하지만, 미국 여행 중에 만난 그의 이야기는 조금 특별했다. LA에서 오랜만에 한식으로 저녁을 하고, 숙소로 돌아가기 위해 우버를 이용하게 됐다. 차에 타자 반가운 인사가 들려왔다. 간단한 인사와 함께 행선지를 전하고, 가벼운 이야기를 나눴다. 그는 곤충학자가 되고 싶어 학비를 벌고 있다고 했다. 소소한 대화 끝에 직업 이야기가 나와 있는 그대로 얘기했더니, 어김없이 외모에 대한 불만을 꺼내놓는다.

"코가 너무 커서 줄이고 싶어요."
"응? 코가 참 예쁜데? 많은 아시아인이
　당신 같은 코를 원해요."
"글쎄, 난 마음에 들지 않아요."

그는 분명 매력적인 외모를 가진 금발의 여성이었다. 작은 얼굴에 오뚝한 코를 가진, 조금 오래전 배우인 '맥 라이언'을 닮은 외모였다.

미국에서는 우리와 달리 광대뼈를 돋보이게 하고, 턱을 좀 더 각져 보이도록 성형한다. 또 코를 깎아 작게 만들거나 가슴의 크기를 줄이는 등 우리나라와 전혀 다른 스타일을 선호한다. 작고 갸름한 얼굴, 높고 오뚝한 코 등 우리가 대체로 부럽다고 여기는 그들의 외모도 실상 그들의 문화권에서는 열등한 것으로 여겨지고 있는 것이다.

우리는 끊임없이 나와 다른 사람을 비교하며 살아간다. 내가 다른 이를 서슴없이 평가하는 것처럼 다른 사람도 그러리라 생각하는 것이다. 남은 관심조차 없는 나의 단점이, 어찌 그리 나를 괴롭히는지. 나 역시 내 얼굴을 완벽하게 좋아하진 않는다. '눈 사이의 거리가 좀 더 좁았으면, 콧볼이 좀 더 좁았으면' 하는 생각이 들 때가 있다. 환자들에게 각자가 추구하는 저마다의 이상형에 가까워지도록 도움을 주고, 한편으로 주어진 외모에 만족을 느끼도록 조언을 전하는 의사의 입장이지만, 나 역시 나 자신을 온전히 인정하고 껴안기가 쉽지 않다.

있는 그대로를 인정하고, 진짜 나를 마주한다는 것은 어떤 의미일까. 단순히 외모에 만족한다는 의미는 아닐 것이다. 우리는 대체로 나보다 타인의 시선에 민감하며 타인의 인정을 바라는 욕구가 크다. 나 역시도 그렇다. 성형외과 의사로서 갖추어야 할 외모의 기준을 세우고, 환자와 마주하는 외모를 가꾸기 위해 끊임없이 운동하며 내 외모가 내 기술에 흠으로 작용하지 않길 바랐다. 하지만 병원 밖으로 나오고 나니 타인의 시선에 민감하게 반응하고, 내가 아닌 다른 사람이 정해놓은 기준에 맞추려 애썼던 시간들이 의미 없이 느껴졌다.

당장 먹을 한 끼가 없어 굶는 것이 일상인 사람들, 비를 피할 집이 없어 가축과 뒤엉켜 사는 사람들, 낡은 옷에 맨발로 아무렇지 않게 흙바닥을 걷는 사람들……. 그럼에도 미소를 잃지 않고 열심히 살아가는 사람들을 보면서 진정한 아름다움이란 무엇인지 조금 깨닫게 되었다. 눈 사이가 조금 멀면 어떤가. 코가 좀 크면 어떤가. 성형외과 의사인 내가 할 말은 아니지만, 세상은 외모를 가꾸는 것보다 더 중요하고 재밌는 일이 많다. 물론 주어진 것에 만족하며 살라고 말하고 싶진 않다. 하지만 나 자신에 대한 허들을 좀 더 낮추라고 말하고 싶다. 지금 자체로도 충분하니, 너무 자신을 괴롭히지 말라고.

더는 서울의 지하철역에서 성형외과 광고를 볼 수 없다. 외모지상주의와 여성의 미에 대한 차별적인 시선을 조장한다는 의견 때문이다. 자신의 모습을 제대로 마주하고, 있는 모습 그대로를 사랑하자는 'lovemyself' 캠페인이 한동안 화제였다. 확실히 몇 년 전에 비해 개성이 존중받고, 때때로 특이함이 '힙함'으로 여겨지는 분위기가 일반화되었다. 좋은 흐름이다. 이런 문화가 더 번지고, 스스로에게 만족하는 사람들이 늘어난다면 나 같은 의사는 굶어죽겠지만 그래도 괜찮다. 미를 추구하는 것은 인간은 본능이다. 하지만 미의 진짜 의미는 무엇인지, 스스로 생각하는 진짜 아름다운 얼굴이 무엇인지 한번 생각해 볼 만하다. 오늘도 거울을 보며 묻는다. 정말 있는 그대로 너는 너 자신을 사랑하고 있느냐고.

여행을 늘 외롭다. 하지만 이번엔 잠시 혼자 있고 싶었다. 남에게 맞추지 않고 다양한 선택을 하다 보면 내가 무엇을 좋아하고 싫어하는지 조금 더 알 수 있게 된다. 물론 가끔은 '이 아름다운 풍경을 나눌 수 있는 사람이 곁에 있었으면, 밤새 함께 떠들다 지쳐 잠들 수 있었으면……' 하고 바라기도 한다. 그렇게 외로움이 그리움을 낳고, 그리움이 서러움을 낳던 날들이 반복되다, 문득 짝지어 여행하는 사람들의 이야기가 궁금해졌다. 그러다 여행 중인 한 부부를 만나게 되었다.

두 사람은 남편의 오랜 꿈을 이루고자 결혼 후 1년간의 준비를 마치고 집도, 차도 모두 팔아버리고 떠나온 사람들이었다. 그들은 긴 여행 중으로 각자의 역할이 분명했고 손발이 척척 맞는 환상의 콤비였다. 하지만 지내는 시간이 길어질수록 환상의 콤비는 자주 독립을 선언했고, 나는 중립의 위치에서 둘 사이를 수시로 중재해야 했다. 다툼 후 3자회담은 수시로 이루어졌다. 다소 격렬한 공방이 있기도 했지만 다행히 결말은 늘 해피엔딩이었다.

서로 다른 환경에서 30년 넘게 살아온 두 사람이 한 공간을 공유하면서 완벽한 조화를 이룬다는 것은 어려운 일이다. 그럼에도 결혼이라는 제도 아래 한 공간에서 서로 부대끼며, 서로의 모난 곳을 깎아나가고 포용하며 살아가는 것이 부부라는 생각이 들었다. 함께한 지 37년이 넘어가는 우리 부모님도 아직 맞춰가는 중으로 보이는데, 이 초보 부부의 투닥거림은 말해 무엇 할까.

성형외과 수술법 중 '피판술'이라는 시술 방법이 있다. 대학병원에서 시행하는 성형수술은 미용 목적보다 주로 '재건'을 목적으로 하는데, 재건이란 피부나 근육, 뼈 등에 결손 부위가 발생했을 때 몸의 다른 부위를 이용해서 그 결손 부분을 메우는 것을 뜻한다. 성형외과에서 가장 흔하게 이루어지는 재건 수술은 유방암 환자의 유방 재건 수술이다. 치료를 위해 유방을 절제하고, 그 자리에 몸의 일부 조직을 가져와 가슴 모양을 만들어주는 것이다. 이 과정에서 피부를 포함한 조직을 옮기는 것을 '피판술'이라고 한다.

50대 남자 환자를 치료했던 적이 있다. 그는 큰 교통사고를 당해 오른쪽 무릎 아래 다리뼈가 산산 조각 나는 부상을 입었고, 이 때문에 여러 번의 정형외과적인 수술을 받아야 했다. 하지만 여러 차례의 수술 때문에 수술 부위의 피부는 매우 약해진 상태였고, 설상가상 이것이 괴사로 이어져 복사뼈 위로 달걀 크기만한 피부 결손이 발생하게 되었다. 피부가 괴사하자 부러진 뼈를 고정해두었던 금속판이 노출되고 말았다.

이대로 두었다간 상처는 낫지 않고 노출된 부분의 감염으로 치명적인 결과를 초래할 수 있는 상황이었다.

상처 부위의 재건을 위해 협진이 이루어졌다. 하지만 큰 사고와 잦은 수술로 인해 오른쪽 다리에는 건강한 혈관이 남아있지 않았다(혈관은 몸의 모든 곳에 영양분을 공급하는 역할을 하기 때문에 그 어떤 조직을 덧붙인다 해도 건강한 혈관이 없다면 그 부위는 제 역할을 할 수 없다). 하지만 다행히도 왼쪽 다리에 희망을 걸어볼 수 있었다. 왼쪽 다리의 조직을 다친 오른쪽 다리로 옮기는 수술이 진행됐다. 튼튼한 혈관을 가진 피판(혈액순환이 되는 혈관을 포함한 조직)을 확인한 뒤 이를 다리에서 완전히 분리해내지 않고, 살짝 떠 올려 다친 다리의 결손 부위와 맞닿게 붙여 봉합해주었다. 맞붙은 환자의 다리 모양이 마치 인어 공주의 꼬리 같아 '인어 공주의 마법'이라고 이름을 붙였다.

수술 후 왼쪽 다리의 튼튼한 혈관에서 괴사로 결손된 오른쪽 다리로 영양분이 공급된다. 그 덕에 오른쪽 다리는 상처를 회복하기 시작한다. 그리고 시간이 흐를수록 두 다리는 서로 동화되어 작은 혈관들을 만들어내며 교류한다. 이 상태로 2주 정도 두었다가 연결 부위의 절반만 분리하여 두 다리가 곧 헤어져야 한다는 사인을 보낸다. 이 신호를 받은 피판은 위기를 느끼고 더욱더 주변 조직과의 혈관 교류에 힘쓴다. 일주일 후, 두 다리 사이 남은 연결 부위를 마저 분리하고 나면 환자는 드디어 인어 공주의 마법에서 풀려나게 된다. 대개 3주 정도면 완전하게 회복된다. 하지만 흉터는 남는다. 격렬했던 교류의 흔적인 셈이다.

사랑도 이와 같은 것이 아닐까. 누군가 마음의 빈자리를 발견하고 자신의 가장 따뜻한 마음을 담아 다른 이에게 손을 내민다. 많은 시련과 상처에 움츠려 있던 상대방은 망설이고 두려워하다 결국 마음을 받아들인다. 그렇게 함께하는 시간이 가면 갈수록 서로는 서로의 마음속에 자리 잡게 되고, 더 많은 교감을 나누게 된다. 오랜 세월을 보낸 서로는 이제 떨어져 있어도 서로를 느끼고, 생각할 수 있게 된다. 하지만 피판술처럼, 이별을 겪어야만 할 때 누군가가 떠나버린 빈자리에는 흉터가 남는다.

흉터는 가끔 가렵거나 붉어져 상처의 흔적을 상기시키고 오래 그 자리에 남아 고통스러웠던 기억을 소환해낸다. 하지만 다시 새로운 누군가를 만나 같은 상처가 생기지 않도록 노력하는 시기를 거치고, 더 나은 사람으로 거듭나게 된다. 마음의 흉터란 어쩌면 나를 성장하게 하는 고마운 흔적일지도 모른다. 만약 미처 아물지 못한 마음의 흉터로 괴로워하는 사람이 있다

면, 더욱 단단해지기 위한 과정이므로 너무 괴로워하
지 않아도 된다고 말해주고 싶다. 의사로서 장담하건
대, 흉터란 점점 희미해지기 마련이니까.

커피에 취하고 와인에 취하고

Porto, Portugal

포르투를 생각하면 아직도 포트와인의 달콤함이 입가에 맴돈다. 그리고 세계에서 가장 아름다운 카페이자 타이타닉호의 호화로운 파티장이 연상되는 마제스틱 카페와 세상에서 가장 멋들어진 서점인 렐루 서점의 공기도 떠오른다. 렐루 서점은 작가 조앤 롤링이 소설《해리포터》의 영감을 얻은 장소로, 실제 영화 촬영지로 쓰이기도 했다. 물론 상벤투역도 잊을 수 없다. 푸른빛의 아줄레주(포르투갈의 독특한 타일 장식)가 곳곳에 새겨져 있어, 세상에서 가장 아름다운 기차역이라

57

는 별칭이 아깝지 않을 정도다. '세계 최고'라는 수식어가 이렇게 많이 붙는 도시가 또 어디 있을까.

근교로 조금 더 벗어나면 이색적인 풍경들이 앞다투어 나타난다. 오래전 염전으로 유명했던 아베이루는 소금 수송을 위해 배를 운항하던 곳으로 '포르투갈의 베니스'라고 불린다. 유유자적 바람을 맞으며 운하를 따라 올라가다보면 그 옛날 치열했지만 낭만은 잃지 않았을 것 같은 소금장수의 기분을 느낄 수 있다. 아베이루에서 버스로 30분 정도 이동하면 아름다운 해안가 마을인 코스타노바가 나오는데, 형형색색의 줄무늬 건물들이 이색적인 풍모를 뽐낸다. 바다와 호수 사이에 있는 코스타노바는 옛날부터 안개가 심했다. 그래서 고기잡이를 떠났던 남편들이 집에 쉽게 찾아오길 바라는 마음을 담아 아내들이 건물에 줄무늬를 칠하기 시작했다고 하는데, 그 마음이 애달프면서도 어여쁘다.

포르투에 온 지 일주일째, 이곳에서의 아침은 느지막이 시작된다. 게스트하우스에서 차려주는 따스한 아침밥을 먹고 밖으로 나가볼까 하시만 다시 잠든다. 자다깨다를 반복하다 보니 어느덧 시간은 오후 3시. 끝까지 빈둥거리는 데 성공했다는 생각이 들어 왠지 모를 성취감이 든다. 주저 없이 동 루이스 다리로 달려간다. 굽이굽이 흐르는 도우강이 한눈에 보이는 곳

에 자리를 잡고 카페에서 받아온 커피를 마신다. 선선한 바람과 어디선가 들려오는 노점의 아름다운 연주 소리. 모든 것이 적절한 순간이다. 아름다운 음악 소리에 맞춰 비행을 하던 갈매기들이 잠시 비행을 멈추고 땅으로 내려와 갖가지 포즈를 취한다.

그렇게 강의 풍경을 보고 있노라면 금세 잔잔한 어둠이 내려앉는다. 포르투에 오면 누구나 주정뱅이가 되기 쉽다. 밤의 도우강은 여전히 아름답고, 한층 깊어진 자태로 흘러간다. 도시는 활기차지만 북적이지 않는다. 바람은 적당히 선선해 사람들을 길 위로 이끈다. 나라고 별 수 있나. 돗자리 하나를 길 위에 펼쳐놓고 와인 한 병과 밤을 즐겨본다. 포트와인은 이 밤의 공기를 더욱 달콤하게 만들어준다. 어쩐지 아쉬운 마지막 잔을 끝으로 내일을 기약하며 자리를 털고 일어선다. 그만 마시라는 고양이의 눈총이 사랑스럽다.

"전공의가 끝나면 같이 여행이나 가자."

그것은 막연한 약속이었다. 대학병원에 근무하던 시절, 그는 나의 2년 차 전공의 선배였다. 선배와 나는 TV 속 의학 드라마와는 달리 각자의 일을 하기에도 바빴고, 무언가 낭만적이고 달콤한 일상 같은 건 꿈도 꿀 수 없는 시간을 보내고 있었다. 하지만 공공의 적은 우리를 똘똘 뭉치게 했고, 그는 그 시절 나에게 든든한 형이 되어 주었다. 나는 유난히 그를 잘 따랐다. 한편이었던 우리는 합심하여 병원 안의 적들과 수없이 싸웠고, 그러다 그는 나보다 1년 빨리 전쟁터 같은 병원을 탈출했다. 그렇게 세월이 흐르고 다른 전쟁터에서 여전히 고군분투 중이던 그가 나에게 연락을 해왔다.

"나야."
"어? 형, 나 포르투갈이야."
"응. 10월 9일 저녁 7시,
포르투 상벤투역에서 보자."

우리의 약속을 기억하고 있었던 걸까. 막연했던 약속은 어느덧 선명한 미래가 되어있었다. 마침내 10월

9일, 설레는 마음을 아는지 모르는지, 야속하게도 포르투로 향하는 비행기는 한 시간가량 연착되었고 뛰다시피 올라탄 지하철은 좀처럼 출발할 기미가 보이지 않았다. 가을밤 공기라고 하기엔 아직 습하고 후덥지근한 열기가 얼굴에 훅 하고 달라붙었다. 약속 시간은 어느새 두 시간을 훌쩍 넘겼고 밖은 어둑해지고 있었다. 상벤투역에 도착하자 한낮의 작열하는 태양만큼이나 에너지가 넘쳤을 사람들도 자취를 감추고 약속한 선배도 보이지 않았다. 포르투갈을 대표하는 아줄레주만이 시리도록 푸른빛으로 오가는 여행자들을 맞이하고 있었다. 허탈한 마음으로 핸드폰만 들여다보던 그때, 저 멀리 광장의 사람들 사이로 검은 머리의 그가 눈에 들어왔다. 땀에 절어 축축했던 배낭이 일순간 가벼워지는 것 같았다.

외롭고 낯선 여행길에 익숙한 일상이 불쑥 찾아와 유일한 내 편이 생긴 것만 같은 기분이 들었다. 어쩌면 누군가가 꽤 많이 그리웠고, 설명이 필요없는 관계에 대한 갈증이 있었던 것 같다. 어색한 인사나 긴 설명 없이도 나를 이해해줄 수 있는 그런 사람 말이다. 그가 옴으로써 불안정했던 내 일상에 익숙한 편안함이 스며들었다. 그날따라 도우강의 밤바람이 불어오는 포르투가 유독 정겹게 느껴졌다.

여행의 속도

Porto, Portugal

사람마다 걸음의 속도가 다르듯 여행도 마찬가지다. 도시마다 꼭 가야 할 관광지를 정해 미션을 클리어하듯 직접 가보는 것에 행복을 느끼는 사람이 있는가 하면, 경치 좋은 곳에 느긋하게 앉아 그저 도시를 바라보길 바라는 사람도 있다.

선배는 1년간 열심히 일한 대가로 일주일의 휴가를 받아서 온 거라고 했다. 나는 그런 그가 조금 여유를 느껴보길 바랐지만, 그는 종일 의욕이 넘쳤다. 매일 새벽 일찍 일어나 조깅을 하고, 아침밥을 즐겼으며, 오

후에는 도시 구석구석을 구경 다녔다. 그리고 저녁에
는 좋은 경치를 눈앞에 두고 밤늦게까지 술을 마셨다.
내가 꿈꾸었던 건 늦게까지 잠을 자고 부스스 일어나
커피를 마시며 여유를 즐기다가 오후에는 강가에 앉
아 맥주를 마시면서 음악에 취하고, 저녁에는 달콤한
포트와인으로 운치를 즐기는 것이었다. 바쁘던 시절
한가한 일상을 꿈꾸며 상상했던 여행의 모습은 그런
것이었다.

　　하지만 나는 의욕 가득한 그의 눈빛을 보고 한발

물러날 수밖에 없었다. 직장인의 휴가는 그 누구도 함부로 이래라저래라 할 수 없는 것이었다. 그에게는 이 일주일이 황금 같은 시간이었다. 아침 6시, 그는 나를 깨우며 조깅을 가자고 재촉했다. 나는 그 제안을 힘겹게 거절하고 다시 이불 속으로 파고들었다. 얼마나 지났을까. 어수선한 소리에 고개를 들어보니 어느새 샤워까지 마친 그가 아침을 먹으러 가자며 다시 한 번 재촉했다. 힘겹게 몸을 일으켜 아침밥을 꾸역꾸역 먹고 그와 도시 구경을 나섰다.

그는 마치 가이드처럼 도시 구석구석을 꿰고 있었다. 몇 개월 전부터 오늘만 바라보고 살아왔으리라. 관광지마다 그의 훌륭한 설명이 이어진다. 포르투의 상징인 동 루이스 다리를 설계한 사람이 에펠탑을 설계한 구스타브 에펠의 제자이며, 근처에 'Manteigaria'라는 에그타르트 맛집이 있고……. 분명 몰랐던 정보들이었지만 미안하게도 그 모든 얘기가 흥미롭게 들리지 않았다. 나 역시도 여행자였기에 체력적으로나 정신적으로 템포를 맞추는 데 한계가 있었다. 그럼에도 쉴 틈 없이 몰아치는 그의 일정을 견딜 수 있었던 건 저녁마다 열린 한식 파티 덕분이었다. 한국에서 출발하기 전 그는 나에게 필요한 것을 물었고, 나의 요구에 맞춰 캐리어 하가득 한식을 챙겨왔다. 요리까지 잘하는 그는 떡볶이, 만두, 우동, 즉석밥, 김, 어묵, 두루치기, 깻잎, 고추장 등 매일 끝없는 한식으로 빡빡한 하루를 풍요롭고 즐겁게 마무리할 수 있게 해주었다. 물론 달콤한 포트와인도 함께.

그렇게 바쁘게 시간을 보내다 보니 일주일이 화살처럼 지나갔다. 헤어짐의 아쉬움도 잠시, 그가 떠나고 3일 동안 앓아눕고 말았다. 직장인에게 휴가란 무엇인가라는 흥미로운 주제가 한동안 머릿속을 맴돌았다. 겨우 정신을 차리고 선배와 함께한 기간 동안 쓴 일기를 들춰보았다. 첫날 우여곡절 끝에 선배를 마주했던 설레던 순간부터, 오랜만에 맛본 한식에 대한 감동 그리고 이어진 피곤 가득한 일정들에 대한 불평이 가득 쓰여있었다. 히말라야에서 고산병에 허덕이며 쓴 일기와 비슷한 느낌이었다.

이날 이후로 내 마음속 최악의 도시는 포르투가 되고 말았다. 이 기분을 떨치기 위해 바로 다음 여행지를 고민했다. 하지만 지친 탓인지 다음 목적지를 쉽게 정하지 못했고, 그렇게 하루가 흘러버렸다. 실컷 자고 일어난 아침, 창밖의 풍경은 무언가 달라져 있었다. 그동안 쌓였던 피로가 사라진 탓일까. 햇살에 반짝이는 도시의 풍경이 새롭게 다가왔다. 동 루이스 다리를 부드럽게 감으며 유유히 흐르는 도우강, 도시 전체에

울려 퍼지는 음악 소리, 가을을 담은 선선한 바람까지. 파리나 런던처럼 화려하진 않지만 굽이진 골목들이 이어지는 동화 속 작은 마을 같은 포르투의 풍경이 지친 내 마음 속으로 들어왔다. 동 루이스 다리 위에 앉아 넋을 놓고 도시를 바라보았다. '내가 왜 이 도시를 아름답지 않다고 생각했을까.'

내 마음의 문제였다. 함께하는 사람을 생각하기보단 나의 고단함이 먼저였고, 내가 보고 싶은 풍경이 먼저였다. 소중한 일주일을 나와 보내겠다고 멀리 떠나온 그에게 내가 무슨 짓을 한 걸까. 문득 선배에게 전화를 걸고 싶어졌다. 선배가 본 풍경도 내가 마주하고 있는 이 풍경처럼 아름다웠느냐고. 꼭 그랬기를 바란다고. 그리고 미안했다고.

누구나 한 번쯤은 낯선 여행지에서 로맨스를 꿈꾼다. 태국 여행 중에 한 신혼부부와 동행한 적이 있다. 그들은 6개월 계획으로 신혼여행 중이었다. 우리는 코 타오(태국 남부 위치한 휴양 섬)에서 3박 4일간 스쿠버 다이빙을 함께 배웠다. 부부는 물속에서도 서로의 손을 놓지 않았다. 바닷속에서 상어를 만나더라도 손을 놓지 않을 기세였다. 많은 시간을 함께하지는 못했지만, 그들이 시종일관 보여준 행복한 미소와 서로에 대한 사랑 표현은 참으로 인상적이었다. 그들은 결혼을 하니 사랑하는 사람과 그의 가족까지 얻게 되어 더욱 행복하다며, 나에게 결혼을 강력히 추천했다. 그렇게 여행을 마치고 몇 년 후 군 복무를 위해 논산 훈련소에 입대했다. 내무반에 배치를 받고 옆자리 동기와 친해졌는데, 그는 신기하게도 그때 만난 신혼부부의 남편 후배였다. 이후 그를 통해 종종 부부의 안부를 전해 들었고, 그러다 그들이 처음 만나게 된 사연까지 듣게 됐다.

여자는 서울 사람, 남자는 부산 사람이었다. 어느 날 남자가 광안리 바닷가에서 한참을 친구들과 술을 주거니 받거니 하고 있는데, 저 멀리 한 여자가 눈에 들어왔다. 그런데 여자는 바닷가에 우두커니 서서 한 시간을 넘게 움직이지 않았다. 남자는 신경 쓰지 않으려고 했지만, 자꾸만 시선이 여자에게로 향했다. 결국 남자는 여자에게 다가갔다. 처음 보는 사람이었지만, 남자는 여자가 낯설게 느껴지지 않았다. 남자는 여자에게 혹시 괜찮다면 술 한잔하겠느냐고 정중히 물었고, 여자는 그러겠다고 했다. 그렇게 두 사람은 소주 몇 잔을 나눠 마셨고, 그대로 연락처도 이름도 묻지 않고 헤어졌다.

그로부터 한 달이 지났다. 남자는 여자를 잊을 수 없었다. 연락처도 묻지 못한 바보 같은 자신만 다그칠

뿐이었다. 남자는 여자가 너무 보고 싶어 그녀를 처음 만났던 그 바다로 갔다. 그립고 안타까운 마음을 달래며 그녀가 서있던 자리를 우두커니 바라보았다. 그런데 저 멀리, 그날의 그녀가 서있는 게 아닌가. 여자는 남자를 발견하고 미소를 지어 보였다. 그렇게 두 사람은 불같은 사랑을 키워나갔다. 사실 두 사람이 처음 만났던 그날, 여자는 자살을 결심하고 바다를 찾은 거였다. 그런데 예상치 못한 남자의 배려로 복잡했던 마음을 가라앉힐 수 있었고, 다시 일상으로 돌아올 수 있었다고 한다.

사람의 인연은 알 수 없다. 죽기로 마음먹은 여자가 하고많은 바다 중에 왜 하필 그 바다를 찾았는지, 남자 역시도 왜 하필 그 백사장이었는지. 어쩌면 수많은 우연이 겹쳐 필연을 만들어낸 건 아닐까. 언젠가부터 '운명'이라는 말이 고리타분하고 유치한 말로 여겨지는 것 같아 아쉽다. 만약 여자가 그 바다가 아닌 다른 바다를 선택했다면, 혹은 남자가 만취해 여자를 발견하지 못했다면 상황은 어떻게 됐을까? 서로의 운명이기에 죽음도 막고, 서로에게 서로의 미래를 걸게 되었겠지. 나 역시도 머무는 여행지마다 운명을 걸어본다. 고단하고 외로운 혼자만의 여행에 설렘이 스민다.

여행이 길어지면 줄이는 일에 익숙해져야 한다. 쓸데없는 욕심을 줄이고 하루의 일정을 간소화해야 한다. 식욕을 줄이고 음식 투정을 줄여야 하며, 잠을 줄이고 잠들기 아쉬운 밤을 즐길 줄 알아야 한다. 그리고 무엇보다 가장 중요한 것은 가방의 무게를 줄이는 일이다. 무거운 가방은 든든하기보다 거추장스럽기 마련이고 잘못하다간 항공사가 정해 놓은 빡빡한 수화물 기준을 훌쩍 넘기기 쉽다.

겨울이 찾아온 캐나다의 옐로나이프로 떠나야 하

는 여정에 앞서 가방을 정리하기 시작했다. 옷은 길이 별로 하나씩, 속옷 두 개, 양말 두 개, 세면도구와 기본적인 짐들만 남기고 나니 항공사의 수화물 합격 기준에 겨우 맞출 수 있었다. 그럼에도 끝까지 버릴 수 없는 것들이 있었는데 그것은 바로 고추장, 된장, 라면 수프 같은 다채로운 양념들이었다. 여행을 마치고 먼저 돌아가는 이들이 남기고 간 선물이었다. 막상 혼자일 때 먹으려고 쓰자니 아까워 버리지도 못하고 이러지도 저러지도 못한 것들이었다. 이것을 버리면 고향을 잊어버릴 것 같은 느낌이 들어 그랬는지도 모르겠다. 이번에도 가방에서 넣었다, 뺐다를 반복했지만 추운 겨울 따뜻한 고향의 맛이 그리워질 것 같아 다시 가방 깊숙이 밀어 넣었다.

　배낭은 LA에서 캐나다까지 일곱 시간이 넘는 비행을 마치고 공항에 무사히 도착했다. 하지만 알 수 없는 불안감이 밀려왔다. 숙소에 도착해 가방을 열기 직전 의심은 확신이 되었다. 비행기 운반 과정에서의 문제였을까, 기압 때문이었을까. 아니면 유독 늦게 온 버스 때문에 가방을 의자 삼아 앉아서였을까. 가방 안은 고추장을 비롯한 각종 양념이 모두 터져 나와 화려한 파티를 벌이고 있었다. 참혹함과 아찔함이 동시에 느껴졌다.

가방은 자신의 국적 아이덴티티를 확실히 밝히고 있었다. 100m 밖에서 보아도 자신의 주인이 한국인임을 강하게 주장하고 있었다. 덕분에 게스트하우스는 한국의 향기로 가득 채워져 어떤 이에게는 정겨움을, 어떤 이에게는 고역스러움을 선사했다. 자기주장이 강한 가방의 흔적을 모두 없애느라 꼬박 이틀을 세탁기 앞에서 보냈다. 애지중지, 아끼느라 먹지도 못한 고향의 맛을 냄새로만 지겹도록 느낀 셈이었다.

대학 시절 비뇨기과 외래에서 한 남자의 미련한 욕심을 목도한 적이 있다. 그는 50대로 키는 크지 않았지만, 얼굴에는 수염이 가득했고 다부진 체형에 겉으로 보기에도 힘이 넘쳐 보이는 전형적인 '사내'상이었다. 흔히 '변강쇠'라 불리는 옛날 영화에 나옴직한 남자였다. 대학병원 비뇨기과를 찾는 남자의 대부분은 '예전 같지 않아서' 혹은 예전에 받은 보형물 시술에 대한 수습을 위해서 찾아온다. 그는 전자였다. '비아그라' 같은 유명한 약들의 도움이 통하지 않자 찾아온 것이다.

그는 예전 같지 않음을 강력히 호소했다. 비뇨기과에서는 이처럼 경구용 발기부전치료제가 효과가 없는 경우 '트리믹스'라는 주사제를 처방한다. 이는 세 가지의 약을 혼합하여 만든 것인데, 다른 주사에 비해 통증이 적고 효과가 좋아 이런 불편을 겪고 있는 환자들에게 최후의 방법으로 쓰인다. 하지만 장점이 있으면 단점도 있는 법. 자신의 성기에 스스로 주사를 놓아야 하는 엄청난 불편이 존재했다.

두 번째 단점으로는 드물지만 약 2.8%가 이름도 무서운 '음경지속발기증'이라는 부작용을 겪는다. 트리믹스는 초기 투여 용량을 낮게 잡아 시술하는 편인데, 이는 환자에게 맞는 적정 용량을 찾기 위해서이다. 적정 용량이란 대략 한 시간가량 발기를 유지할 수 있는 용량을 의미한다. 적정 발기 지속 시간을 넘어 네 시간 이상 지속하는 경우를 '음경지속발기증'이라고 한다. 굉장한(?) 일처럼 들릴 수 있으나 극심한 통증을 유발하고, 여섯 시간이 넘어가게 되면 해면체(음경이나 음핵의 주체를 이루고 해면상 구조를 갖는 조직)에 섬유화가 진행되어 영구적인 발기부전을 유발할 수 있어 시급한 조치가 필요한 응급 질환 중 하나이다.

담당 교수님은 약의 처방과 함께 환자에게 부작용과 적정 용량 사용의 중요성을 설명하고, 음경지속발기증이 발생했을 때 즉시 내원할 것을 거듭 강조했다. 하지만 정확히 이틀 후 그를 응급실에서 만날 수 있었다. 그는 다섯 시간을 지속한 음경지속발기증으로 응급실에 찾아왔다. 극심한 통증이 있었을 텐데도 그는 생각보다 침착하고 여유로워 보였다. 어쩌면 예전 같은 자신의 모습에 흡족해하면서, 이 사태를 즐기고 있는 것 같았다.

음경지속발기증의 초기 치료는 작은 나비 바늘을 음경의 혈관에 꽂아 혈액을 지속적으로 뽑아내는 것부터 시작한다. 음경이 화를 가라앉힐 때까지 지속한다. 일부 환자의 경우 혈액의 손실이 너무 커 수혈을 하면서까지 혈액을 뽑아낸 경우도 있다. 이 환자의 경우 계속해서 상당량의 혈액을 뽑아냈지만 좀처럼 수그러들 기미가 보이지 않았다. 혈액을 뽑아냄과 동시에 생리 식염수로 세척을 시도했다. 여전히 변화는 없어 보였다. 결국 그는 입원을 해야 했고, 약물치료까지 병행되었다. 그렇게 여러 우여곡절 끝에 3일 후에야 비로소 안정적인 상태로 퇴원할 수 있게 되었다. 하지만 선배의 이야기에 따르면 그는 그 해에 네 번이나 같은 병명으로 응급실을 통해 입원했다고 한다.

'과유불급'이라는 말을 자주 쓴다. 우리는 그 의미를 잘 알면서도 가끔은 무모한 길로 발을 들인다. 욕망이 이성을 지배해버려 어딘가 고장 난 상태가 돼버리는 것이다. 그리곤 이내 '아, 내가 왜 그랬지' 하며 자책한다. 먹지도 않을 양념을 꾸역꾸역 가방에 담아 비행기에 태워 숙소까지 가져온 나나, 비뇨기과를 찾은 그나 크게 다를 바가 없다. 고추장, 된장이 뭘 그렇게 내 마음을 알아준다고. 여행을 통해 가장 크게 깨달은 것 중 하나가 무조건 덜어내는 것이 남는 것이라는 것이다. 언젠가 먹을 것, 입을 것, 선물할 것들을 짊어지고 다녀봐야 결코 다 쓰지 못한다. 오래, 멀리 나아가려면 덜어내는 것이 먼저다. 몸이든, 마음이든 그리고 배낭이든.

위로가 내려오던 날

Jasper, Canada

수술방 구석에서 울고 있었다. 작은 실수가 커다란 결과를 초래하는, 한 시간이 1분 1초로 느껴지고 10cm가 1cm, 1mm로 느껴지는 집약된 시간과 공간의 방. 나는 대학병원의 레지던트 3년차였다. 그날은 혈관 봉합 수술이 있던 날이었다. 수술은 열 시간 이상 지속되었고, 혈관 봉합 과정에서 나의 실수와 머뭇거림으로 환자의 출혈을 초래하고 말았다. 교수님의 날카로운 꾸짖음이 쏟아졌다.

지난 3년간 조금도 변한 게 없다는 교수님이 꾸짓

음은 나를 무너지게 했고, 남은 전공의 1년을 끔찍하게 만들어버렸다. 이를 악물고 쌓아온 지난 노력의 시간이 허무하게 무너지는 순간이었다. 그날, 그렇게 마음은 날카로운 무언가에 찔려 속절없이 흩어져버렸다. 내가 있어야 한다고 생각했던 곳에서 목적을 잃은 나는 그렇게, 영영 길을 잃어버렸다.

지금 나는 로키산맥의 어느 능선에 서있다. 역사도, 풍경도, 심지어 위치도 정확히 모르지만 마음의 중력이 이유 없이 이곳으로 날 이끌었다. 그 시작이 언제부터였는지 모르지만 막연히 이곳을 동경해왔고, 거대한 산맥에 자리 잡은 호수의 청연한 기운을 마주하고 싶었다. 처음 긴 여행을 꿈꿨을 때, 이 거대한 배경에 속해있을 내가 행복할 것 같았다.

캘거리에서 시작되어 밴프국립공원과 제스퍼국립공원으로 이어지는 로키산맥은 내가 꿈꿨던 모습보다 훨씬 더 아름다웠다. 끝없이 부는 바람과 물이 만들어낸 홀스씨프캐년과 수백만 명의 캐나다인이 사용하는 물의 근원인 아사바스카 빙하는 가슴 설레는 고독감이 무엇인지 알게 해주었다. 푸른빛의 루이스 호수와 모레인 호수 그리고 원초적인 자연 그대로를 누리는 여유로운 캐나다인들의 삶까지, 어느 것 하나 텅 빈 가슴을 채우기에 부족함이 없었다.

투어를 마치고 돌아오는 날, 한없이 푸르던 세상은 어느새 새하얗게 변해있었다. 밤새 내린 눈으로 모든 나무가 새하얀 옷으로 갈아입었다. 차를 타고 돌아오는 길 내내 나무 하나, 잎사귀 하나, 로키산맥의 모든 살아있는 것들이 나와 눈 마주치며 작별 인사를 하는 것 같아 한시도 눈을 뗄 수 없었다. 수술방에서 날아가버린 마음이 다시 내 안으로 들어오듯 하얀 눈이 끊임없이 내렸다. 이내 차가운 뺨을 타고 조용히 눈물이 흘렀다. 그 눈물은 태평양을 건너 로키산맥의 호수 속에서 날 기다리다 눈과 함께 내 볼에 따스하게 내려앉았다. 그러곤 속삭였다.

"넌 잘했고, 잘하고 있고, 앞으로도 잘할 거야.
그러니 너무 걱정하지 마."

하늘에서 타오르는 촛불, 오로라

Yellowknife, Canada

여행을 하다보면 평소보다 '운'에 대한 이야기를 많이 하게 된다. 이 운이 모두 행운을 의미하는 거라면 좋겠지만, 여기엔 '불운'도 포함이다. 한 친구는 동유럽을 여행하는 한 달 반 동안 도무지 비가 그치지 않아서 고생했다고 하고, 또 한 친구는 홍콩에 갔다 태풍이 덮쳐 꼼짝도 못하다가 우여곡절 끝에 발리로 넘어갔더니 화산 폭발, 이집트로 넘어갔더니 '시나이반도 테러'가 터져 고생을 했다고 한다. 또 에티오피아에 간 친구는 일주일 동안 버스 파업이 이어져 발이 묶이고, 지구

상에서 가장 건조한 사막이자 인류가 측정한 이래로 단 한 번도 비가 오지 않은 아타카마 사막에서 폭우를 만났다고.

이렇듯 우리는 예기치 못한 불운을 속수무책으로 맞닥뜨린다. 자연은 자신이 품은 아름다운 비경들을 그렇게 호락호락하게 보여주지 않는다. 하지만 나는 다행히도 날씨 운이 좋은 편이었다. 함께 이동하는 여행자들 사이에서 '날씨 요정'이라 불리며 지나가는 길목마다 지구별의 화창한 스포트라이트를 뿌리고 다녔다. 그런데 이런 나의 행운이 유독 통하지 않는 게 있었는데, 바로 '별 운'이다. 정말 지독히도 없었다. 별이 그렇게 잘 보인다는 볼리비아의 우유니 사막에 갔을 때도 유난히 밝은 보름달이 뜨는 바람에 별을 제대로 볼 수 없었고, 갈릴레오가 지동설을 발견한 장소이자 세계에서 가장 별이 잘 보인다는 아타카마 사막에서도 보름달 때문에 역시 별 구경을 할 수 없었다.

뉴질랜드의 데 카포 호수와 몽골의 흡수골에 갔을 때도 낮에는 그렇게 화창하더니 밤만 되면 구름이 껴 별들을 가리기 일쑤였고, 그나마 별을 볼 수 있었던 마사이마라의 초원과 다합의 베드윈에서도 같이 간 일행들은 다 보았다는 별똥별을 유일하게 못 본 장본인이다. 한국에서도 유성우가 수를 놓는다는 축제가 벌어지는 날이면 이불을 꺼내 들고 아버지와 함께 밤을 지새우곤 했는데, 별똥별은 번번이 내가 고개를 숙일 때만 지나갔다. 그래서일까. 별에 대한 갈망은 성인이 되어서도 계속됐고, 그 타는 갈망은 나를 오로라의 곁으로 이끌었다.

오로라는 태양에서 방출된 대전입자 일부가 지구 자기장에 이끌려 대기로 진입하면서 공기분자와 반응하여 빛을 내는 현상으로, 새벽의 여신인 아우로라Aurora의 이름에서 유래했다. 오로라를 본 북미 원주민인 크리Cree족은 '신들의 영혼이 하늘에서 춤추고 있었다'라고 표현하며 아름답고 신비로운 오로라의 자태에 감탄했고, 바이킹들은 '전쟁의 여신 발키리가 전사들을 천국으로 데려갈 때 방패에서 반사된 빛'이라고 생각했으며, 중세 유럽에서는 '신의 계시이며 하늘에서 타오르는 촛불'이라고 표현했다. 세상의 찬사를 모두 갖다 붙인 이 불빛의 정체는 무엇일까. 기필코 보고 말겠다는 의지로 주먹을 불끈 쥐며 밤하늘을 올려다보았다. 보는 이마다 찬사를 아끼지 않은 '하늘에서 타오르는 촛불'을 만날 수 있을 거라는 기대에 기분 좋은 설렘이 밀려왔다. 그렇게 옐로나이프에서의 첫날 밤이 시작되었다.

Day1. 오로라 관찰 1일 차.

역시 나는 밤하늘과 인연이 없나보다. 낮에는 그렇게 화창하더니 밤이 되자마자 비가 내리기 시작한다. 시작이 좋지 않다. 세계에서 오로라가 가장 잘 보이는 곳이라더니 뭐야……. 듣자 하니, 적어도 세 밤은 머물러야 오로라 관측 확률이 95%에 달한다고 한다. 하지만 왜인지 실패확률 5%에 내가 걸릴 것만 같다.

옐로나이프는 사람이 살 수 있는 곳 중 가장 위도가 높은 곳으로 오직 오로라를 위한 매우 작은 도시이다. 딱히 즐길 것도 없어 마실 삼아 한 바퀴 돌면 동네 탐방이 모두 끝난다. '그래. 이렇게 된 거 오늘은 술이나 마시고 내일 낮까지 푹 자는 거야.' 같이 간 일행들과 한참을 주거니 받거니하다 기지개나 한번 켤까 싶어 밖으로 나왔더니, 어라. 하늘이 빙글빙글 춤을 추고 있다. 그렇게 밤하늘의 운이 내게로 와있었다. 오로라와의 첫 만남이었다.

Day2. 오로라 관찰 2일 차.

비 내리는 하늘에서 오로라를 보게 되다니, 나쁘지 않은 시작이었다. 하지만 몸뚱이는 어제의 과음으로 나쁜 시작을 보이고 있다. 한낮의 옐로나이프는 예상보다 고요했고 따분했다. 무엇을 할까 고민하다, 오로

라를 제대로 만날 수 있는 방법을 찾아보기로 했다.

　오로라를 보는 방법에는 총 세 가지가 있었다. 첫 번째, 집에서 보는 것인데 가장 평범하고 쉬운 방법이다. 하지만 도시의 불빛에 별이 몸을 숨기듯 오로라도 마찬가지다. 쉽고 편한 건 늘 결과가 좋지 않다. 두 번째, 오로라 헌팅. 뭔가 도전적이고 용맹스러움이 느껴진다. 말 그대로 오로라를 잡을 수 있다면야 좋겠지만 오로라 헌팅은 '헌터'라고 불리는 오로라 전문가들이 그날의 날씨와 기운을 따져보고 밤 9시부터 새벽 3~4시까지 자리를 옮겨가며 오로라를 관측할 수 있도록 도움을 주는 방법이다.

　구름이 많아 하늘이 가려진 날이면 구름이 없는 곳으로 이동하면서 오로라가 보일 때까지 쫓아다니는 꽤 단순하고 능동적인 방법이다. 오로라를 볼 확률이 가장 높은 방법이지만 헌터의 실력에 따라 운명이 좌우된다고 하니 이 방법을 선택할 때는 신중해야 한다. 마지막으로 오로라 빌리지를 이용하는 방법이다. 광고나 각종 사진에 많이 등장하는 삼각형의 집이 바로 오로라 빌리지인데, 마치 우주의 기운을 하나로 모아 오로라를 불러올 것만 같은 이것은 '티피'라고 불리는 북미 원주민의 거주용 텐트이다. 이 방법을 선택하면 사방이 고요한 어둠으로 둘러싸인 온기 가득한 텐

트에서 다과를 즐기며 느긋하게 오로라를 기다리기만 하면 되기 때문에 오로라를 관측하기에 적격이다. 하지만 이동할 수 없다는 단점 때문에 구름이 끼거나 날씨가 좋지 않으면 답이 없다.

오늘 선택한 방법은 헌팅. 9시에 모인 나를 비롯한 몇몇 여행자들은 '오늘은 무조건 헌터님을 믿고 따른다'는 각오로 무장을 하고 숙소를 나섰다. 하지만 기대와 다르게 두 시간째 속절없는 드라이브만 이어지고⋯⋯. 보여줄 게 없어서인지 겸연쩍은 표정의 헌터는 쿠키와 코코아만 자꾸 꺼내어 놓았다. 점점 추워지는 날씨에 발가락이 꽁꽁 어는 것 같았다. 참고로 옐로나이프는 9월에는 0℃~영하 10℃ 정도지만, 10월만 넘어가도 영하 30℃까지 내려간다. 이날은 다행히도 영하 10℃ 정도였다.

고전 끝에 드디어 마지막 헌팅 장소에 도착했다. 하늘을 살피기 위해 힘겹게 고개를 빼자, 갑자기 힘이 들어간 다급한 헌터의 목소리가 들려왔다. 의기양양한 그의 눈이 가리키는 곳으로 고개를 돌려보았다. 오로라가 나를 향해 인사하고 있었다.

설렘은 아침까지 이어졌다. 어제 찍은 사진의 내 표정은 '나, 설레요'라고 말하고 있었다. 누군가 "오로라는 어땠어?"라고 묻는다면 뭐라고 설명해야 할까. 하늘에서 파도가 친다고 하면 될까? 아니다. 하늘에 심어둔 청보리가 바람에 흔들려 온 사방에 푸르름이 흩날리는 모습이라고 해야 할까. 설명하려 할수록 점점 더 멀어지는 것 같다. 오늘은 가벼운 마음으로 맥주 한 병을 손에 들고 집 뒤의 전망대에 올라가야지. 그리고 그간의 행운에 감사해야지.

이윽고 어둠이 내리기 시작한다. 새벽의 여신이 다가올 시간이다. 조금 이른 저녁이지만 전망대에 누워 마지막을 꿈꾼다. 한 모금 들이켠 맥주가 입에서 식도를 타고 번지고, 찰랑이는 병 속의 술처럼 하늘이 일렁거린다. 그리고 다시 밤하늘 가득 여신의 황홀한 춤이 시작되었다. 아마 그때부터인 것 같다. 오로라와 사랑에 빠지게 된 것은.

　여기는 아이슬란드 레이캬비크이다. 혹시 밤하늘의 운이 다했을까, 노심초사하는 마음으로 옐로나이프에서 입었던 옷을 입고 오로라를 기다렸다. 행운의 옷 덕분일까. 우려와는 달리 아름다운 자태의 오로라가 펼쳐졌다. 지구 반대편에서 봐도 여전히 아름답다. 어쩐지 오로라와 사랑에 빠진 것 같다. 오, 로라!

로라 양과 오늘부터 1일 차.

로라 양, 아름답지만 너무 일방적이네요. 늘 예고 없이 찾아와 사람을 놀라게 하는군요. 왜 여자들이 갑작스레 집 앞에 찾아오는 남자친구에게 화를 내는지 조금은 알 것 같아요. 나도 예쁘게 보이고 싶지만 오늘은 급하게 수면 바지를 입고 마중 나왔어요. 그래도 반가웠어요. 내일 또 만나요.

로라 양 ♡ 2일 차.

야외에서 목욕 중인데 갑자기 찾아오면 어쩌나요? 혹시 '선녀와 나무꾼'의 나무꾼처럼 내 옷가지를 훔치러 내려오신 건가요? 그래도 목 빠지게 기다리던 택배 아저씨가 온 것 마냥 팬티 바람으로 한걸음에 달려 나갑니다.

로라 양 ♡ 3일 차.

내 입이 방정이었어요. 미안해요. 이제 그만 와도 될 것 같아요. 이제 편하게 자고 싶어요. 새벽마다 찾아오는 당신이 응급실에 오는 환자처럼 느껴지는 건 나의 변덕 때문이겠죠? 우리 잠시 서로 시간을 가져요.

아
이
슬
란
드
의
　
가
을

Thingvellir, Iceland

가을을 가장 좋아한다. 어린 시절, 무더위가 지나가고 선선한 바람이 불어오면 학교 앞 은행나무 아래서 코를 막으며 은행나무 열매를 주웠고, 산에 올라 단풍나무 씨앗을 프로펠러처럼 날리며 놀았다. 빨갛고 노란 풍경은 나의 감수성을 차곡차곡 채워주었다. 대륙을 넘나들며 여름과 겨울만 반복하다 드디어 아이슬란드에서 가을을 맞게 됐다. 오랫동안 기다렸던 편지를 받는 것처럼, 설레는 마음을 안고 맨발로 가을 거리를 헤맸다. 마음이 온통 노랑, 빨강으로 물든다.

끝없는 떠남

거대한 빙하에서 떨어져 나온 조각들이 거친 파도를 피해 잠시 쉬어가는 곳, 다이아몬드 비치. 멀리 떠나온 나도 그들 옆에 자리를 잡고 잠시 쉬어본다. 직접 본 유빙은 해변에만 머물기엔 아까울 만큼 찬란하게 빛났고, 긴 여정을 떠나기에 바다는 너무 거칠고 광활해 보였다. 우리의 삶도 그 자리에 머물러 있기엔 너무 아름다운 거겠지. 나의 존재가 더 녹아 없어지기 전에, 다 사라지기 전에 더 많이 떠나봐야겠다.

길을 잃는다는 건 새로운 길을 찾는다는 것

　오늘은 하이랜드를 달렸다. 대개 아이슬란드를 크게 도는 링로드를 달리는 게 일반적이지만, 폭우로 강이 범람해 다리가 잠겨버렸다. 별수 있나. 이 또한 여행의 일부인 것을. 덕분에 아이슬란드 중앙의 비포장 도로에 서있다. 열 시간을 내리 달리느라 하루가 다 갔지만, 자연의 초기 모습을 그대로 간직한 하이랜드는 그만한 가치가 있었다. 덕분에 기분이 저 높이 걸려있다.

빨간색 하트

아이슬란드 북부의 작은 도시, 아퀴레이리. 이곳에서는 길을 가다가 빨간 신호에 브레이크 밟고 기다리면 곳곳에 빨간색 하트가 뜬다. 멈추면 사랑이 찾아온다는 귀여운 메시지일까. 끝없이 달리는 나를 멈추게 해줄 빨간색 하트는 어디에 있을까?

Dubronik, Croatia

　1년 중 가장 기다려지는 날은 언제일까? 대부분의 직장인에겐 아마 휴가가 아닐까 싶다. 그런데 이건 여행자에게도 마찬가지다. 매일이 휴가처럼 보이겠지만 여정이 길어지면 어느새 매일을 떠도는 삶이되기 때문이다. 긴 여행이 버거워질 때쯤 나는 나에게 휴가를 선물하기로 했다. 장소는 에메랄드빛 아드리아해가 보이는 주황색 지붕의 나라, 크로아티아.

　행복한 휴가에 있어 첫 번째 조건은 숙소이다. 오래 머물 집은 아침에 일어났을 때 기분 좋은 안락함을 선사해야 하고, 외출 시 금세 그리워져야 하며 하루의 끝에 다정한 위로를 건넬 수 있어야 한다. 그 모든 조건을 충족하는 집을 찾아 아드리아해가 한눈에 들어오는 베란다가 넓은 집을 빌렸다. 집 주변에는 매일 장을 볼 수 있는 시장과 아기자기한 상점이 있었고, 집에는 장에서 사온 재료들로 다양한 시도를 해볼 수 있는 자그마한 부엌도 마련되어 있었다. 한낮에는 따사로운 볕을 쬐며 누워서 독서를 즐길 수 있는 소파가, 저녁에는 바닷가에서 불어오는 바람을 맞으며 술도 한잔할 수 있는 테이블도 있었다. 그렇게 휴가 같은 일상이 시작되었다.

겨울이 다가오는 11월, 바람이 조금씩 차가워지고 있었다. 매일 아침 창문을 열고 한국에서 자주 듣던 발라드 음악을 틀었다. 베란다에 앉아 아드리아해와 인사한 뒤, 따뜻한 커피 한 모금과 초콜릿을 조금씩 녹여 먹으며 여유로운 아침을 만끽했다. 옆집 테라스에서 스트레칭을 하는 낯선 남자와도 인사를 나눴다. 그러다 배가 고파지면 시장에 나간다. 자주 가는 상점의 종업원은 잔돈을 대충 받으며 "See you again"을 건네고 미소 짓는다. 매일 신선한 요리 재료와 술을 한 아름 사 와 혼자 요리를 해먹었다. 14년간 자취하며 라면 한번 끓여 먹지 않은 내가 이국땅에서 요리

를 하다니. 같은 요리지만 매번 다른 맛이 나 신기했지만 충분한 만족을 느꼈다. 해가 지기 시작하면 슬슬 운동복으로 갈아입고 지도의 한 곳을 정해 달렸다. 하루는 바다의 끝을 향해, 하루는 도시를 내려다볼 수 있는 언덕을 향해. 아름다운 풍경을 바라보며, 그렇게 지도의 끝을 향해 달려 나갔다.

달리면서 도시의 숨은 매력을 느낄 수 있었다. 지도에 없는 작은 샛길을 발견하기도 하고, 동네의 작은 핫도그 가게나 전망 좋은 벤치를 발견하기도 했다. 어떤 날에는 주머니 속에 넣어온 맥주를 마시기도 했고, 어떤 날은 비를 맞으며 달리기도 했다. 해가 지는 풍경도 빼놓을 수 없다. 해 지는 풍경을 유난히 좋아하는 나는 하루 중 가장 행복한 시간을 보냈다. 해는 늘 다양한 표정으로 하루 끝의 인사를 건넸다.

그 인사를 느긋하게 바라보고 있노라면 정다운 친구와 행복한 하루를 보낸 느낌이 들었다. 하루는 선명한 붉은빛으로, 때로는 구름 뒤에 수줍게 가려진 채로, 때로는 형용할 수 없는 색으로. 가끔 구름에 기려 일몰을 보지 못하는 날이면 인사 없이 친구가 떠나버린 것 같아 괜스레 허전한 기분이 들었다.

비가 오는 날엔 아껴 두었던 라면과 감자칩을 꺼내 영화를 보면서 온종일 뒹굴거리기도 하고, 하루는

친절한 호스트의 초대로 그의 가족과 따스한 저녁을 먹기도 했다. 그는 식사 내내 변호사인 자신의 딸을 만나보라고 권유했지만 나는 웃음만 지어보였다.

한 달은 매우 느리게 흘렀다. 대부분의 시간은 하늘과 맞닿은 바다를 우두커니 바라보는 시간으로 채워졌고, 집 안은 늘 정확하게 파악할 수 없는 음식 냄새로 가득했다. 오랜만에 하는 빨래도, 청소도 흥겨웠다. 이처럼 별일 없는 일상이 조금씩 쌓여가자 크로아티아는 어느새 나에게 특별한 곳이 되어 있었다.

훗날 크로아티아를 떠올린다면 아드리아해나 주황색 지붕이 아닌 아침마다 마셨던 따뜻한 커피와 달콤한 초콜릿이, 한낮의 햇살이 따스하게 드리워진 소파의 포근함이, 상점에서 매일 인사를 나누던 아주머니의 반가운 미소가 먼저 떠오를 것 같다. 다시 무거운 배낭을 메고 매일 숙소를 옮겨 다니며 길 위를 방황하겠지만, 이제 나에게도 먼 이국땅에 그리워하고 돌아가고 싶은 집이 생긴 것 같다. 가장 평범했던 이 한 달이, 가장 그리웠던 일상이 되어 나에게 완벽한 휴가로 남았다.

삶은 어쩌면

기적이 아닐지도

몰라

3

남극과 가장 가까운 곳인 이곳은

8월인데도 눈이 내리고, 바람이 많이 불어.

거친 날씨 때문에 버스가 끊겨 5일째 이곳에 고립돼 있네.

함께하는 이가 없어 외롭고, 여행은 여전히 힘들어.

이상하지? 지상 낙원인 줄로만 알았던 여행지들도

가끔은 나를 지치게 하네.

그래도 눈앞에 펼쳐지는 가슴 먹먹한 풍경에

다시 한 번 힘을 얻고 또 다른 풍경을 찾아가.

문득 삶도 여행과 비슷하다는 생각이 들어.

끝없이 무언가를 좇아가고 있는 것 같아.

물론 삶은 하나의 언덕을 넘어가면 또 다른 언덕이,

그 언덕을 넘어가면 끝없는 모래사막이 펼쳐진다는 것이 다르지만.

이 고립도 언젠가 끝나겠지?

살면서 만나는 언덕도 언젠가 완만해지고,

익숙해지는 날이 올 거라고 믿어.

내일은 다시 힘을 내

부지런히 언덕을 넘어가야지.

너무 조급해하지 말자.

한국에 돌아가면 나만의 풍경을 만들어보자.

삭막하고 끝없이 이어진 모래사막 말고,

힘을 얻을 수 있는 그런 풍경.

이렇게 멀고 아득한 풍경이 아닌 늘 함께하는 풍경 말이야.

그럼 다시 떠나오지 않게 될까?

나를 물들이는 나의 풍경인
소중한 가족, 친구, 집이
그리워지는 밤.

죽기 전에 꼭 가봐야 하는 장소, 죽기 전에 꼭 먹어야 하는 음식, 죽기 전에 꼭 해야 하는 일, 죽기 전에 꼭 봐야 하는 풍경……. 죽기 전에 클리어해야 할 미션이 너무나도 많다. 특히 여행을 다니다 보면 '꼭'이라는 수식어가 붙는 장소들을 곳곳에서 만나게 된다. 그랜드 캐니언, 우유니 소금 사막, 극지방의 오로라, 히말라야산맥, 갠지스강 등. 여행에 관심이 있는 사람이라면 누구나 꿈꾸는 장소들이다. 나 또한 눈과 마음에 담기 위해 사람들이 필수로 꼽고 권하는 곳에 갔었다. 하지만 그중 한 나라, 유독 인도만은 따르지 않았다. 상식을 파괴하는 무질서와 무법으로 점철된 나라, 그런데 누구나 욕을 하며 치를 떨다가도 지나고 나면 한없이 그리워진다는 나라, 인도.

더러운 것도 복잡한 것도, 비위생적인 음식마저도 모두 이겨낼 자신이 있었지만 매일매일 시달려야 한다는 흥정에는 자신이 없었다. 노력의 산물이나 서비스에 합당한 가치를 지불하는 일, 그것에 대한 믿음이 없는 나라에서 하루도 맘놓고 지내기 힘들 것 같았다.

몇 년 전 몽골을 여행한 적이 있다. 당시 전공의 생활 중 가장 바쁘다는 1년 차였던 나는 한국의 무더위를 피하고 여유로운 삶을 찾을 요량으로 몽골의 흡수골로 떠났다. 매일 밤 끝없이 펼쳐진 흡수골의 호수를 배경으로 별을 안주 삼아 맥주를 마시며 유유자적한 날들을 보냈다. 그러던 중 다른 여행자의 추천으로 말을 타보기로 하고 근처 여행사에 들렀다. 하지만 말은 없었다. 가이드는 다른 여행자들이 말을 타고 나갔으니 잠시만 기다리라고 했다. 그러나 한 시간이 지나도 아무 소식이 없었다. 나는 한국인의 기질을 발휘해 그들을 재촉했다. 다급한 나와 달리 가이드는 미동도 없었다. 그저 나를 지그시 바라볼 뿐이었다. 나의 계속된 다그침에 가이드는 입을 열었다.

"너는 뭐가 그렇게 급해? 저(오른쪽)쪽에 있는 태양이 여기(그보다 조금 왼쪽)쯤 올 때 말이 도착할 거야."

그냥 들었을 땐 아름답지만 곱씹을수록 이해할 수 없는, 시처럼 난해한 말이었다. 이 이야기를 일행들에게 해주었더니 인도를 다녀온 친구가 이에 질세라 자신이 겪은 이야기를 꺼냈다. 길을 걷고 있던 그에게 한 인도인이 다가오더니 다짜고짜 네가 입은 티셔츠는 내 거니까 벗으라고 겁박했다고 한다. 당황한 친구는 "내가 산 건데 이게 어째서 네 거야?"라고 황당해 따져 물었고, 그 인도인은 표정의 변화도 없이 오히려 당당하게 답했다고 한다.

"이 티셔츠는 전생에 네가 나에게 빌려간 거야. 그러니 이제 돌려줘."

아마 인도를 가지 않겠다고 마음먹은 것이 그날부터였던 것 같다. 하지만 주변엔 그런 나의 의지를 꺾으려는 사람들이 많았고, 그 날도 동생의 인도 예찬이 시작되었다.

"형, 인도 바라나시에 가면 갠지스강이 흘러요. 그곳에서는 한 편에서는 죽은 사람을 화장하고 한 편에서는 산 사람들이 목욕하는 삶과 죽음의 경계를 느낄 수 있어요……. 그러니까,"

"병원도 그래."

"……."

그렇게 우리는 다시 조용히 길을 걸었다.

그와 그녀의 가슴 아픈 시도

Dahab, Egypt

여행 중 한 연예인의 자살 소식을 들었다. 나는 늦은 밤 라디오에서 흘러나오는 그의 깊고 차분한 목소리를 좋아했고, 섬세한 그의 가사가 담긴 노래를 자주 들었다. 그는 그의 가사보다 훨씬 더 섬세한 사람이었으며, 목소리만큼 사려 깊은 청년이었다. 그의 유서에는 그간의 고통스러운 심정이 고스란히 담겨있었다.

우리가 저마다 느끼는 고통의 크기는 다르고 견딜 수 있는 그릇의 크기도 다르다. 같은 용량의 마취제를 투여 해도 사람마다 받아들이는 통증의 정도도 천차만별이다. 그렇기에 우리는 타인이 겪는 고통의 크기를 감히 짐작해서는 안 된다. 하지만 분명한 건, 누군가가 떠난 자리의 고통은 그와 함께 사라지지 않고 오히려 더 몸집이 커져 남겨진 자들의 몫으로 남는다. 떠난 이의 부재는 많은 이를 아프게 한다. 가늠조차 할 수 없는 고통이다. 거의 매일 죽음을 목도하며 유족들의 슬픔을 지켜보는 나 역시도 고통이 좀처럼 익숙해지지 않는다. 떠난 자는 말이 없다. 많은 말을 담은 침묵이 원망스럽기만 하나.

의사는 환자가 의식이 없을 경우, 그의 의지와 상관없이 그를 세상으로 다시 끌고와야 하는 의무가 있다. 대한민국은 OECD 국가 중 자살률 1위라는 오명을 안고 있다. 그래서인지 하루에도 몇 번씩 손목을 긋

거나 연탄가스 흡입, 약물 복용, 고층에서 투신 등 다양한 방법으로 스스로를 해한 사람들을 만날 수 있다.

그날도 그런 날 중 하나였다. 유난히 더웠던 어느 여름의 주말 오후, 119 구급대원의 다급한 전화가 걸려왔다. 고등학교 3학년 여학생이 10층에서 투신하여 서둘러 응급실로 향하고 있으니 신속한 처리를 위해 준비를 부탁한다는 전화였다. 10층이란 이야기를 듣고 대부분의 의료진은 그녀의 죽음을 확신했다. 어떤 안전장치도 없이 10층 높이에서 떨어진 사람은 살 수 없다. 10층이라는 높이는, 떨어지는 순간 사람의 어느 신체 부위든 온전한 형태를 유지할 수 없는, 요행을 바랄 수 없는 높이라는 뜻이다. 모두가 회의적인 예상을 하고 있을 때 환자가 침상에 실려 응급실로 들어왔다. 그런데 우리는 당황할 수밖에 없었다. 그녀의 상태가 꽤 온전했기 때문이다. 상황을 들어보니, 그녀의 몸이 지면에 닿기 직전 아파트 정원에 심어진 나무에 부딪혔다고 했다. 그 덕에 한 차례 충격이 감소했고 목숨을 구할 수 있었던 것이다. 그녀에게는 불행인지 다행인지 숨이 붙어 있었고, 낙하의 충격으로 등뼈와 척추, 골반과 왼쪽 다리 대퇴부에 골절이 발생했다.

곧바로 응급 수술이 시행되었다. 출혈과 폐의 손상, 복부의 장기 손상, 다발성 골절을 치료하기 위해 흉부외과, 일반외과, 정형외과가 수술에 참여했다. 열두 시간이 넘는 수술 끝에 그녀는 기적적으로 다시 세상으로 돌아올 수 있었다. 그러나 자발 호흡을 유지할수 없어 기관지 삽관을 한 상태로 중환자실로 옮겨졌고, 골절된 척추와 함께 신경이 손상되어 하반신 마비 판정을 받았다. 그럼에도 불구하고 목숨을 구했으므로 수술은 성공적이었고, 반대로 그녀의 시도는 실패했다.

눈을 감고있는 그녀의 모습을 보며 그녀가 깨어난뒤 느낄 심정을 생각했다. 대체 무엇이, 어떤 고통이이 작은 소녀를 세상 밖으로 내몰았던 것일까. 감히짐작도 할 수 없는 고민 속에서 탈출구가 보이지 않는현재와 끝나지 않을 것 같은 고통을 끊임없이 느끼며눈을 감았을 것이다.

곧 중환자실에서 눈을 뜨고 자신의 실패를 확인한다면, 그녀는 우리에게 어떤 말을 건넬까. 가혹하게도여전히 남아있는 괴로운 현실 속에서 이제는 다시 자살을 시도하기조차 힘든 몸으로 남은 삶을 실아가야한다. 그녀를 뛰어내리게 했던 두 다리는 평생 그녀의짐이 될 것이다. 많은 시간 그녀를 괴롭혔을 고녀들은다른 얼굴로 그녀를 더욱 벼랑 끝으로 몰 것이다.

하지만 그럼에도 우리는 그녀가 깨어난다면, "수

술은 성공적이었고, 당신은 다시 살아났습니다."라고 이야기할 것이다. 그녀가 무엇이 성공적이었냐고 묻는다면, "매일 수많은 죽음을 만나지만, '잘' 죽는 경우는 없습니다. 그러니 죽음에 성공이란 없는 거죠. 우리는 의사로서 최선을 다했고, 당신에게 살아낼 기회를 제공했어요. 부디 '잘' 살아서 다시 얻게 된 삶을 절망이 아닌 감사함으로 언젠가 느끼길 바라요. 그동안 고생했어요. 잘 돌아왔어요." 그리고 "미안해요"라고 마음을 담아 전하고 싶다.

왜 그렇게 당당했을까? 곧 돌아올 테니 기다려달라고. 흔한 약속 하나 할 수 없지만 어찌 됐건 결국엔 돌아올 테니 그때도 나와 함께 있어달라고. 왜 너에게 바라기만 했을까?

떠나기 전, 나는 내가 너무 자랑스러웠다. 힘들었던 지난 과정들을 모두 이겨내고 곧게 놓인 길 위에 멋지게 선 내 모습을 그리고 있었다. 운명을 짊어지고 어쩔 수 없이 떠나야 했던 누군가처럼. 많은 응원과 격려 속에 파묻혀 나는 너의 표정을 읽을 겨를이 없었고, 너의 마음을 느끼려 하지도 않았다.

그렇게 나는 너를 떠나왔다. 나의 욕심으로 인해 생긴 우리의 간격은 매일 밤 너에게 사진을 보내고 매일 밤 너를 향해 편지를 적어도 메워지지 않는 것이었다. 그때는 몰랐다. 나는 최선을 다하고 있다고 생각했다. 하지만 내가 매일 밤 보냈던 수천 장의 사진 속에서 너는 내 옆의 너의 빈자리를 보았을 것이고, 한 달이 넘어서야 도착한 나의 손편지에서 우리 사이의 먼 거리를 다시 한 번 느꼈을 것이다. 그리고 내가 만난 많은 여행자만큼이나 많은 사람들에게서 내 안부를 묻는 말을 들었을 것이다.

어느새 이곳에서 또 한 번의 겨울을 맞고 있다. 나라와 대륙을 이동하며 벌써 세 번의 여름과 세 번의 겨울을 지나쳐왔다. 왜 길지 않다고 생각했을까. 계절은 이리도 빠르게 지나가는데. 너는 얼마나 많은 날 동안 홀로 앞으로의 날들을 그려봤을까. 지나간 그때와 지금 사이에서 홀로 얼마나 고민했을까. 가장 먼 곳에서 시작해 다시 너에게로 가고 싶었다. 그런데 너무 늦었던 걸까. 우리의 시차가 열두 시간이 되었던 그날부터, 나의 낮은 너의 밤이었다.

헤아릴 수 없는 수많은 밤이 지나가고 그렇게 너도 사라져버렸다. 어쩌면 나는 너를 놓쳐버렸는지 모른다. 이렇게 계절을 헤매다 이별의 문자를 받았던 여름이 오면 난 또 그날에 녹아들겠지. 그리고 다시 겨울이 찾아오면 희망을 품겠지. 난 여전히 그 자리에 머물러 뒤늦게 깨우친 미련을 계절 사이에 고이 간직해본다.

나의 겨울은 너의 여름.
나의 밤은 너의 낮.

그날부터 바라건대,
나의 밤이 너의 밤이길.
너의 여름이 나의 여름이길.

누구나 돌아가고 싶은 순간이 있을 것이다. 내게도 그런 순간이 있다. 긴 생머리를 휘날리던 첫사랑 그녀와 처음 입을 맞추던 날, 할아버지와 자전거를 타며 뒤에서 할아버지를 꼭 안고 체취를 맡던 어린 시절, 조금은 여유로웠던 IMF 사태 전의 우리 집, 행복했던 지난 여행의 시간들……. 모든 시간들이 그립지만, 가끔은 내 생애 가장 힘들었던 전공의 시절로 되돌아가고 싶다. 그 시절의 나는 늘 시퍼렇게 날이 선 칼처럼 주변 사람들에게 상처를 주었다. 아직까지도 후회가 되고 미련이 남는 순간들이다.

전공의 1년 차 시절, 나는 환자에게 늘 살가운 의사였다. 전공의 1년 차에는 병동의 모든 입원 환자를 담당하는 '주치의'가 되는데, 그 덕에 잠잘 틈 없이 바쁘지만 가장 많은 시간을 환자와 보내게 된다. 1년 내내 환자들에게 건네는 나의 첫인사는, '사랑합니다. ○○○ 씨'였다. 소독하러 오는 환자들과 늘 손을 잡고 함께 걸었으며, 맛있는 음식이 있으면 꼭 나눠 먹었다. 특히 어머님들의 극진한 사랑에 팬클럽이 생길 정도였고, 일부 환자들은 내가 밥을 먹을 때 방해가 될까 아픈 것도 참고 간호사에게 자신의 상태를 말하지 않기도 했다. 퇴원 후에도 우리는 서로의 안부를 물었고, 지나가는 길에 일부러 찾아오는 환자도 있었다.

그런데 그런 내가 변한 것이다. 누군가 의사가 되어 가장 안 좋은 점이 뭐냐고 물으면 난 항상 같은 대답을 한다. '타인의 아픔에 무뎌지는 것'이라고. 의사가 되어 매일 누군가에게 '아프다' '고통스럽다'라는 말을 듣다 보니 아픔이라는 것이 당연하게 여겨지게 됐다. '사람은 누구나 아픈 거지, 뭐.' 그러다 보니 난 그저 아픈 사람을 치료하는 행위를 할 뿐, 아픔을 공감하지 못하는 지경에 이르렀다. 타인의 아픔에 무뎌진 나는 남을 쉽게 아프게 했다.

전공의 4년 차가 되면 모든 환자를 책임지는 '치프'가 된다. 적은 인원으로 많은 환자를 진료하는 대학병원의 특성상 일은 늘 틀어지게 마련이다. 나는 문제가 생길 때마다 문제를 해결하기보다 책임을 추궁하는 데 집중했다. 수술 준비가 완벽하지 않아 수술을 못 하게 되면 그것을 수습하기보다 누가 이런 실수를 저질렀는지 추궁하고 책임을 묻기에 바빴다. 상처 주는 말을 자주 했고, 표정은 늘 어두웠으며, 베일 것 같은 날카로움을 늘 지니고 다녔다. 환자들은 더 이상 나에게 말을 걸지 않았다.

두 주일 전쯤 전공의 시절 후배에게 연락이 왔다. 그는 휴가로 핀란드의 작은 산타 마을에 머물고 있다고 했다. 곧 다가올 크리스마스에 맞춰 나에게 편지를 보내고 싶으니 주소를 알려달라는 연락이었다. 뜬금없었지만 머물고 있던 게스트하우스 주소를 알려주었다. 그리고 오늘 그의 편지가 도착했다. 잘 지내느냐는 인사로 시작해 인턴이었던 자신에게 많은 가르침을 주어 감사하다고, 수술실에서 언제나 양손을 분주히 움직이던 내 모습이 기억에 남는다고 했다. 물론 불같은 성격도 잊을 수 없다고 했다. 엽서의 뒷면에는 산타와 루돌프 그림이 있었고 산타 마을답게 우표에도 산타가 그려져 있었다. 혹시 다른 한국인이 볼까 걱정돼 영어로 썼다는 그의 발상에 웃음이 났다.

산타 마을에서 날아온 엽서 한 통 덕분에 온통 어두운 기억뿐이던 전공의 4년 차 시절이 떠올랐다. 화를 내도 따라와 말을 걸고 웃으며 일을 도와주던 그는 성실하고 좋은 사람이었다. 그와 함께한 시간들은 힘든 와중에 잠시 미소를 지을 수 있는 순간이었다. 미안함이 밀려왔다. 모두를 힘들게 한 그 시절이 그에겐 감사한 기억이라니. 당장이라도 전화를 걸어 그때는 미안했다고, 고마웠다고 말하고 싶었지만 어쩐지 입이 떨어지지 않아 엽서 속 산타의 눈만 바라보았다. 언젠가 용기가 생긴다면 꼭 말해주고 싶다.

"며칠 뒤면 여기도 크리스마스야. 핀란드에서 보낸 편지를 터키에서 받다니. 정말 크리스마스의 기적

이 일어나나 봐. 지금쯤이면 너는 휴가를 끝내고 다시 남은 길을 묵묵히 걸어가고 있겠지? 나보다 더 멋지고 후회 없는 전공의 시절을 보내길 바라. 그리고 언젠가 힘이 들 때, 네가 나에게 주었던 긍정의 에너지를 누군가로부터 받으며 위로받길 바라. 너처럼 좋은 사람이 너의 곁에도 있기를. Merry Christmas!"

어느덧 성탄절이 지나고 12월의 끝자락에 이르렀다. 터키에서 머문 지도 어느덧 한 달째. 눈을 비비고 일어나 게스트하우스에서 차려주는 조식을 먹고, 베란다에 앉아 보스포루스 해협을 바라보며 커피를 마셨다. 그리고 잠시 책을 읽다가 다시 긴 잠에 빠졌는데 어느덧 중천에 뜬 해가 얼른 일어나라며 따사롭게 재촉하였다. 문득 터키의 명물 고등어 케밥이 먹고 싶어졌다. 먹고 싶은 것을 먹을 수 있다는 것은 긴 여행에서 흔치 않은 행복이다. 그 행복을 놓칠세라 한달음에 달려가 고등어 케밥을 샀다.

한 손에 고등어 케밥을 들고 콧노래를 부르며 이제는 익숙해진 갈라타 다리 위 낚시꾼들 사이를 유유히 빠져나왔다. 그런데 다리를 통과한 후 갑작스레 눈앞에 낯선 풍경이 펼쳐졌다. 특별할 것 없던 예니 모스크 앞에 너무도 많은 사람이 몰려 있는 것이 아닌가? 200명은 족히 넘어 보이는 사람들이 소풍 나온 유치원생처럼 질서정연하게 줄까지 서있었다. 이방인은 모르는 알라를 모시는 특별한 날인 걸까? 아니면 새로 생긴 맛집인 걸까? 짧은 고민 끝에 잉여로운 시간과 남아도는 체력을 잠시 투자해 보기로 했다. 나도 그 꼬리에 줄을 섰다. 그렇게 뫼비우스의 띠처럼 꼬리에 꼬리를 문 줄을 한참 줄여갔을 때, 긴 줄의 끝에는

놀랍게도 복권 가게가 있었다. 사람들은 영하 5℃의 추운 날씨에도 어떤 불평 없이 한두 시간을 기다렸고, 드디어 가게 문 앞까지 갔을 때는 상기된 표정을 감추지 못했다. 이따금씩 줄이 무너질 때면 경찰 몇몇이 다가와 혼란을 바로잡았다.

한국에서도 로또 명당의 긴 줄을 본 적이 있었지만 이곳의 열기와 행렬은 차원이 달랐다. 그런데 그럴 만도 한 것이 판매하는 '새해 복권'의 당첨금이 무려 160억 원에 달했기 때문이다. 터키 사람들의 평균 임금이 월 95만 원인 것에 비하면 정말 어마어마한 금액이었다. 매해 연말이면 터키인들은 영하의 추운 날씨 속에서 몇 시간을 기다린 끝에 겨우 몇 개의 숫자가 적힌 작은 종이 한 장을 쥐게 된다. 그리고 그 종이 하나에 고단하고 빡빡했던 지난해는 모두 날려버리고 다가올 한 해에 대한 달콤한 꿈을 꾼다.

나도 그들처럼 매주 여섯 개의 숫자가 적힌 작은 종이 한 장에 한 주의 희망을 걸었던 적이 있다. 전공의 4년 차 때 당시 우리 병동에 갑작스레 로또 열풍이 불었다. 병동에 귀인이 입원했던 것이다. 40대 중반의 K씨, 그는 우리 병동에 로또 광풍을 일으킨 장본인으로 20년 전 교통사고로 경추 골절을 입은 사지마비 환자였다. 그는 사고로 인해 경추로 내려오는 신경이 손상되어 목 아래로는 숟가락을 쥐여 주면 간신히 식사할 수 있을 정도의 불편한 몸 상태였다. 하지만 늘 웃음을 잃지 않았고, 우리에게 먼저 농담을 걸 정도로 유쾌했다. 자신을 꼭 '형'이라고 불러달라고 할 만큼.

K형은 불편한 몸 때문에 엉덩이에 욕창이 생겨 성형외과에 입원했다. 욕창은 지속적으로 압력을 받는 신체의 한 부분에 혈액순환이 되지 않아 피부 및 연부 조직이 괴사하는 질환으로, 주로 사지마비나 뇌졸중 또는 일시적인 건강의 악화로 거동이 불편한 사람에게 쉽게 발생한다. 신체의 튀어나온 부분 즉, 엉덩이나 발뒤꿈치, 뒤통수, 등뼈, 양측 골반, 무릎, 팔꿈치 등이 이에 속한다.

대학병원에서의 성형외과는 주로 안면부 외상(골절, 열상), 피부암의 제거 및 재건, 수부 손상(손가락 절단)을 포함하여 신체 모든 곳의 피부 및 연부 조직의 결손에 필요한 재건에 관여한다. 대학병원에서 욕창 환자는 가장 손이 많이 가는 환자 중 하나다. 소독 한 번에 30분에서 한 시간가량 걸리기도 하는데 이러한 처치를 많게는 하루에 서너 번 정도 반복해야 할 때도 있다. 성형외과 전공의는 욕창 환자에게 하루 중 가장 많은 시간을 쏟는다. 또한 욕창 환자는 다른 질환에 비해 입원 기간도 길기 때문에(전공의 시절, 2년 넘게 입원

한 환자도 있었다) 유독 환자와 친밀해지거나 반대로 최악의 관계로 발전하는 경우도 있다. K형은 전자였다.

어느 날 소독을 하던 중, K형은 자신이 하던 일에 관해서 이야기했다. 그는 로또 번호 연구가(?)였다. 역대 당첨번호를 연구하여 도출한 예상 당첨번호를 자신의 블로그에 올려 사람들에게 알려주었으며(지금은 하지 않는다고 했다) 실제로 2등이 다섯 차례, 3등은 아홉 차례, 4등은 셀 수 없이 당첨되었다고 했다. 그는 나름 꽤 유명한 연구가였다. 정체가 알려진 후 그의 침상 위 하얀 벽에는 A4용지가 붙여졌다.

나는 매주 금요일 일과가 끝나면 그의 침상으로 가 그가 불러주는 예상 번호를 받아 적었다. 그리고 그 번호를 담당 교수님께 전송하였고, 월요일 아침이면 다시 그의 침상으로 가서 번호를 맞춰보았다. 하지만 몇 주가 지나도록 우리는 당첨의 기쁨을 누리지 못했다. 당당하던 그도 시간이 갈수록 궁색한 변명을 늘어놓기 시작했다. 기존에는 열세 가지의 방법으로 당첨번호를 예상했는데 지금은 컴퓨터를 쓸 수 없어 암산에 의존한 두 가지의 방법으로만 계산을 하니, 정확도가 떨어진다는 거였다. 하지만 목마른 자가 우물을 파는 법. 우리는 계속 그를 믿었고 우물의 깊이는 날로 깊어졌다. 우물이 말라갈 때쯤, 교수님께서 결정을 내리셨다. 얼마 지나지 않아 그렇게 그는 퇴원했다. 그가 입원했던 8주간의 당첨 성적은 5등은 두 번. 나머지는 단 하나의 숫자도 맞지 않았다. 이건 어쩌면 빠른 퇴원을 노린 그의 계략이 아니었을까 싶기도 하다.

그렇게 시간은 흘러갔고 어느 날 입원자 명단에서 낯익은 이름을 보게 됐다. K형이었다. 욕창이 다시 생긴 건가. 걱정스레 그의 차트를 확인했다. 그런데 이번에는 허벅지에 욕창이 생긴 것이 아닌가. 앞서 말한 것처럼 욕창은 장시간 누워있거나 고정된 자세에서 압박을 받는 부위에 생기는 질환이었다. 그런데 허벅지라니……. '허벅지 욕창'은 들어본 적이 없는 부위였다. 반갑고 의아한 마음으로 그의 병실을 찾아갔다. 정말로 그의 왼쪽 허벅지 중앙에는 주먹만한 크기의 욕창이 있었고, 이유를 묻는 내게 그는 해맑게 이야기했다.

"얼마 전부터 핸드폰 고스톱을 시작했는데 이게 너무 재미있더라고요. 그래서 엎드린 채로 꼬박 이틀을 했더니 허벅지가 그만 이 모양이 됐어요."

그러고는 부끄러운지 내 귓가에 슬머시 로또 당첨금보다 많은 사이버 머니를 자랑했다. 그 이후로도 그는 복근을 만들어보고 싶다며 무리하게 살을 빼다가 입원하는 등, 입원할 때마다 다양한 사건들로 우리를 놀라게 했다. 나보다 꿈도 많고 참 하고 싶은 것도 많았던

K형.

　사람은 누구나 스스로 하고 싶은 일을 찾고 꿈을 꾼다. 열악한 상황이나 악조건들은 어쩌면 우리가 꿈꾸지 않기 위해 마음속으로 찾는 핑계에 불과할지 모른다. 그날 나는 나보다 더 자유로운 미소를 짓는 그가 조금은 부러웠다. 오늘 이곳에서 그의 미소가 다시 떠오르는 걸 보면, 어쩌면 그 미소가 이 여행의 작은 계기가 되었을지도 모르겠다.

　그는 지금 무엇을 꿈꾸고 있을까?

구름 한 점 없는 새파란 하늘과
하얗게 내려앉은 눈.
곱디고운 색색의 풍선들 사이로
붉게 떠오르는 태양.

그 속을 헤매다
꿈 하나를 마음에 담았다.
마음속에 추억이 너무 쌓이면
혹시 무거워 가라앉을까 걱정도 되지만,

먼 훗날 하나씩 꺼내어
저 형형색색의 풍선들처럼 띄워 보내야지.

그렇게 두둥실 다시 꿈 하나를 뒤쫓아본다.

피터팬 증후군. 소년의 감성을 가진 사람은 나이가 들어도 영원히 소년인 걸까. 사전적 의미와는 조금 다르지만, 언제나 세상을 편견 없이, 한결같이 따뜻한 시선으로 바라보는 사람. 그것은 분명 우리 아버지를 가리키는 말일 것이다.

어릴 적 아버지는 비둘기 한 마리를 집에 데려왔다. 강아지도 고양이도 아니고 비둘기라니. 어리둥절한 가족들은 사정을 물었고, 아버지는 머쓱해하시며 날개를 다친 비둘기를 발견해 병원으로 바로 가려다

치료비 걱정에 집으로 먼저 데려와 치료를 결정했다고 하셨다. 무심한 가족들의 그림자 뒤로 아버지는 매일 물과 사료를 묵묵히 챙겨주었고, 일주일 후 비둘기는 스스로 날개를 펴고 우리 집을 떠났다. 물론 동화처럼 씨앗을 물고 돌아온다거나 하는 일은 없었다. 그러나 생명을 향한 관심과 극진함이라는 씨앗은 아버지를 통해 내게 심어졌다.

아버지는 길을 가다 무거운 짐을 지고 가는 어르신을 보면 그냥 지나치지 못했고, 목욕탕에선 꼭 먼저 다가가 등을 밀어드렸다. 문화재 연구소에서 근무하실 적엔, 발굴 현장에서 발견한 지렁이가 죽을까 먼저 이를 솎아내는 작업부터 한 분이었다. 의사라는 직업을 가지고 있는 나는, 아버지를 통해서 어떠한 태도로 사람을, 생명을 대해야 할지 되새기곤 한다.

어린 시절《아낌없이 주는 나무》라는 그림책을 본 적이 있다. 그림책에서 나무는 소년을 위해 자신의 모든 것을 내어주곤 더 내어줄 것이 없다고 한다. 어린 시절부터 어머니는 내게 아낌없이 주는 나무와 같은 분이었다. 어머니는 초등학교에서 교편을 잡으시다가 결혼 후 그만두고 아버지와 슈퍼마켓을 운영하셨다. 경주로 이사한 후에는 다시 임용을 준비하시더니 한 번에 합격하여 집안의 가장 역할을 오랜 시간 이어오셨다. 고단한 바깥일과 가사까지 해야 했지만, 그 흔한 공부하란 잔소리 한 번 하신 적이 없으셨고, 매일 아침 7시면 어김없이 아침밥을 차려주셨다. 그리고 새벽 2시 공부를 마치고 귀가할 때면, 집 앞에서 꼭 기다려 주셨는데 아직도 그때 어머니의 그림자가 눈에 밟히곤 한다.

고등학교 때 교훈이 '진인사대천명(어떤 일이든지 자신이 할 수 있는 최선의 노력을 다한 뒤 하늘의 뜻을 받아들여야 한다)'이었다. 이는 분명 어머니를 가리킨 말일 것이다. 목표한 바 꾸준히 그리고 성실히 임해 결국 그 결실을 보고야 마는 정신은 지금의 내가 이 자리에 있을 수 있는 초석이 되었다. 그런데 나는 어떤 자식이었을까. 냉정하게 돌이켜보건대, 공부는 잘했을지언정 그 외의 것들엔 무심하고 장난꾸러기 이상의 악동 같은 면이 있는 아이였다. 일찍이 가는 유치원마다 적응을 못해 세 번의 전학을 거치더니, 마침내 '유치원 중퇴'라는 희대의 이력을 남겼고, 초등학생 때까지 이불에 지도를 그렸다. 게다가 잔병치레도 유난히 많아 큰 병원 문턱을 시도 때도 없이 드나들며 부모님의 심장을 참 많이도 내려앉게 했다.

어느날 성적이 떨어져 풀이 죽은 내게 어머니는, "사람은 내려와야 다시 올라갈 수 있으니, 내려와 있을 때 푹 쉬다 가렴"이라고 말씀해주셨다. 그리고 새로운 것에 도전하다 금세 지쳐버린 내게 아버지는 "한 번도 하지 않는 것보다, 한 번이라도 시도한 것이 낫다. 잘하고 있다"라고 말씀하셨다.

나는 종교가 없다. 그러나 부모님의 사랑과 응원은 내 가슴속에 바이블처럼 새겨져 지구 반대편의 새로운 세상으로 나를 이끌고 길을 잃지 않도록 이정표가 되어주었다. 낯선 타지에서 때로는 고단하고 사무치는 외로움에 괴로운 날도 많았지만, 두 분을 떠올리며 견뎌낼 수 있었다. 여정이란 결국 돌아갈 곳이 있다는 말과 맞닿아 있음을 느낀다. '집'과 '가족'이라는 단어가 이토록 따뜻하게 느껴질 수 있는 건 그분들이 아직 내 곁에 살아 숨 쉬고, 그 따뜻한 숨만큼 숭고하고 따뜻한 사랑이 존재하기 때문일 것이다.

먼 나라에서 끊임없이 안부를 전해오는 아들의 연락에 기쁜 웃음을 지어 보이는 두 분의 모습이 눈물겹도록 아름답고 또 감사하다. 부모님의 내리사랑에 비하면 '사랑한다'는 표현이 한없이 부족하고 진부하게 느껴지지만, 한 가지 약속드릴 수 있는 건 언제까지나 변하지 않고 지금처럼 건강하게 곁에 남아있겠다는 다짐이다. 어머니, 아버지 사랑합니다.

"떠난다는 게 원래 그래요. 멀리 왔다고 생각하지
만, 두고 온 미련 하나가 자꾸만 뒤돌아보게 하죠."

여행 중에 눈물을 보이자
누군가 내게 건넨 말이다.

오늘 터키를 떠난다.
떠나기 전 수차례 빈자리를 살폈지만
어린 시절의 나처럼 무언가를 놓쳐버린 듯

자꾸만 뒤돌아보게 되는 그런 밤이다.

꿈꿔왔던 모든 것에 대한 설렘부터
아련한 미련까지,
그 모든 것이 여행임을,
깨닫는 밤이다.

　　몇 번이고 일기예보를 확인하고 플리트비체행 버
스 티켓을 샀다. 다행히도 가는 길 내내 차창 너머로
눈이 소복이 쌓여 있었다. 플리트비체는 크로아티아
의 국립공원 중 가장 아름다운 곳으로 서로 연결된 수
많은 폭포가 열여섯 개의 호수를 이룬 곳이다. 맑은
날이 아닌 눈이 쌓인 겨울에 이곳에 오고 싶었던 이유
는, 오래전에 보았던 영화 〈러브레터〉 때문이다. 영화
의 마지막, 여주인공이 눈이 쌓인 언덕 위에서 이제는
볼 수 없는 옛 연인을 향해 홀로 외친다.

"오겡끼 데스까 —?(잘 지내나요?)

와따시와 겡끼데스······(나는 잘 지냅니다······)."

플리트비체는 요정들이 사는 호수라 불리기도 한다. 하지만 요정들도 긴 잠을 잘 것만 같은 차가운 겨울, 입구부터 쌓여있는 엄청난 눈은 아름다운 풍경을 선사했지만 이내 신발을 젖게 했다. 모두가 자취를 감춘 인적 드문 공원을 한 시간째 홀로 걸으며 자연스레 주변의 풍경과 소리에 집중했다. 호수의 일부는 물론 폭포마저 얼어붙어 시간은 멈춘 듯 고요했고 오직 내 발소리만이 뒤를 따라오고 있었다.

코스의 중반 쯤 가, 공원의 반대편으로 건너가기 위해 배를 기다렸다. 호수의 물결이 일렁이며 자욱이 깔려있던 안개 사이로 배가 서서히 다가왔다. 배에 올라타 식어버린 커피와 어설프게 준비한 샌드위치를 먹었다. 걸터앉은 벤치의 끝에 남아있던 눈이 녹아 바지로 스며들었다. 배에서 내려 다시 호수를 끼고 언덕 위를 홀로 걸었다. 가지 위에 쌓인 눈이 무게를 이기지 못하고 툭 하고 떨어졌다. 떨어진 눈을 맞고 멍하니 서있는 내게 홀로 남은 눈사람이 인사를 건넸다.

몇 시간을 계속 걸었다. 돌아보니 흩날리는 눈이 내 발자국을 살포시 덮으며 나를 따라오고 있었다. 겨울은 하얀 눈으로 지나간 이의 흔적을 지우고 새로 다가올 봄을 기다리고 있었다. 하지만 나는 여전히 누군가의 흔적을 덮지 못하고 있었다. 내 마음에 머물고 있는 한 사람. 몇 년째 나는 겨울에 머물러 있었다. 언제쯤 이 흔적들이 사라지게 될까. 내게도 다시 봄이 올까. 쌓여가는 눈을 보며 홀로 외쳐본다.

"잘 지내나요?"

우리는 인생에서 수많은 갈림길을 만난다. 그 갈림길 앞에서 때로는 돌이킬 수 없는 선택도 해야 한다. 그 선택들이 모여 우리의 삶이 된다. 돌이켜보면 어린 시절부터 나의 고민에는 늘 주변의 관심과 격려가 있었고, 선택의 끝에는 지지와 칭찬이 따랐다. 그렇게 얻어낸 크고 작은 성취 덕분에 스스로 선택한 길에 대한 믿음과 그 결과에 수긍하는 법을 배웠다.

여행은 늘 새로운 것투성이며 수많은 선택의 연속이다. 매번 어디로 갈지, 무엇을 먹을지, 어디서 잘지 끝없는 선택이 여행의 질을 결정한다. 그 속에서도 여전히 믿음과 수긍의 힘은 발휘된다. 고민 끝에 결정한 숙소가 마음에 들지 않더라도 이 근방에서는 최고일 거라는 믿고 천재지변으로 비행기가 취소되어 일정이 틀어져도 어차피 바꿀 수 있는 결과가 아니기에 집착하지 않는다. 여행 중에 사고가 나더라도 마찬가지다. 어떤 상황이든 해결할 수 있다는 스스로에 대한 믿음이 여행의 마지막까지 나를 무사히 이끌어주었다. 총 14개월의 여행 동안 잃어버린 물건이라고는 우산 하나가 전부였고, 위험이 될 만한 일은 일어나지 않았다. 하지만 단 한 번, 프랑스에서 사고를 겪은 적이 있다.

프랑스 파리의 샤를 드골 공항에 내리자마자 두 사람을 알게 됐다. 처음 만났지만 그들은 유쾌했고 편안했다. 고민 없이 우리는 서로의 일행이 되었고, 나는 그들이 준비한 렌터카 여행에 합류하게 되었다. 파리를 시작으로 도빌-옹플뢰르-몽쉘미셸-상 말로-낭트-라로셸을 거쳐 마지막으로 와인의 산지 보르도까지 이어지는, 프랑스를 반 시계 방향으로 도는 일정이었다. 유럽에서는 대부분 수동 변속 기어를 사용한다. 그들이 대여한 차도 역시 수동 기어였다. 10년 만에 운전하게 된 수동 변속 기어의 자동차가 매우 낯설게 느껴졌다. 그러다 한 번은 교차로에서 정차 후 다시 출발하다가 시동이 꺼져버렸다. 여러 차례 시도했지만 시동은 번번이 꺼졌고, 굵은 식은땀이 등을 적셨다. 하지만 내 뒤로 길게 늘어선 차들은 단 한 번도 경적을 울리지 않았고, 시간이 지나자 나를 우회해 돌아가면서 오히려 미소를 보내주었다. 그 선량한 미소에 다시 정신을 차릴 수 있었고 차는 달리기 시작했다.

수동 기어가 겨우 익숙해질 무렵, 마지막 여행지인 보르도에 도착했다. 그런데 저녁을 먹으러 가던 길, 갑자기 '쿵' 소리와 함께 사고가 일어났다. 사거리를 지나던 중 우리 차와 좌회전으로 들어오던 차량이 부딪히고 만 것이다. 상대방은 우리에게 다가와 속사포 같은 프랑스어를 퍼부었다. 주변 사람들이 하나둘 모이기 시작했다. 그리고 행인 중 한 명이 우리에게 영어로 이야기했다. "너희가 잘못했어. 내가 다 봤는데 너희가 신호를 어겼어." 하지만 이것이 마지막 영어였다. 뒤이어 영어로 상황을 물어보았지만 묵묵부답이었다. 급작스러운 상황에 당황하고 있던 찰나, 길 건너 경찰관이 우리를 향해 걸어왔다. 우리는 그에게 영어로 상황을 설명했지만, 그의 답변도 한결같았다. "여기는 프랑스야. 그러니까 난 영어로 말하지 않겠어."

그는 그 말만 영어로 남기고 다시 프랑스어로 상황을 정리하기 시작했다. 상황을 해결하기 위해 우리

는 묵고 있던 한인 민박집에 연락했다. 하지만 주인은 아직 언어가 미숙하다며 도움을 줄 수 없다고 했다. 다음은 자동차 보험 회사. 보험회사 역시 도움이 되지 않았다. 그들은 보험 가입 여부만 재차 물었고 절차를 통해 사건 신고를 하라는 말만 남겼다. 30여 분 정도의 시간이 흘렀다. 계속해서 경찰과 구경꾼들의 압박이 이어졌다. 결국 마지막 카드로 현지 대사관에 전화를 걸었다. 대사관 직원은 사고 당사자와 통화한 후 대화 내용을 우리에게 전해주었다. 문제가 해결되기 시작했다. 몇 번의 통화가 오고 간 후 우리는 서류 한 장을 작성하게 되었다.

'콘스타Constat-amiable'라고 불리는 사고경위서였는데, 이것 또한 프랑스어로 되어 있어 한 줄 한 줄 대사관 직원의 도움을 받아서야 작성할 수 있었다. 긴박했던 상황은 서류 한 장으로 정리됐다. 대사관 측 설명에 따르면 인명 피해가 없어서 다행히 간단히 끝날 수 있었다고 했다. 자동차 반납을 할 때도 보험 처리가 되어 다른 추가적인 지불 없이 무사히 여행을 마칠 수 있었다. 프랑스인들의 미소와 그들의 이기적인 국수주의를 동시에 느낄 수 있었던 여행이었지만, 모두 무사하니 결과는 해피엔딩이었다.

선택의 결과에 대한 믿음은 내가 선택한 일을 끝

까지 하도록 하고, 때때로 문제가 생겼을 때 해결을 위해 최선을 다하게 만든다. 하지만 선택이란 것은 하나를 포기하고 하나를 얻는 것이다. 나는 주로 포기의 대상으로 나를 택했고 스스로를 몰아세웠다. 그 결과 나 자신에 대한 믿음을 얻고 수긍하는 법은 배웠지만, 그 배움의 결과로 내가 치러야 했던 것은 지독한 불면증이었다.

나는 늘 최선의 선택을 하기 위해 수없는 고민을 반복하고 상황을 미리 그리는 버릇이 있다. 하지만 고민 끝에 선택을 하더라도 그 선택의 결과에 대한 책임감에 짓눌리고 만다. 불면증은 입시가 시작된 고등학교 무렵부터 시작되었다. 여행을 준비하면서 가장 먼저 준비한 것도 수면제였다. 여행을 무사히 끝낼 수 있다는 자신감과 여행을 반드시 끝내야 한다는 압박감이 동시에 몰려왔다. 하지만 다행히도 여행은 생각보다 즐거웠고, 늘 술과 함께해서인지 수면제는 거의 먹지 않을 수 있었다. 그런데 한국으로 돌아와 글을 쓰는 요즘 다시 불면증이 찾아와 슬슬 나를 괴롭히기 시작한다. 침대에 누우면 천장에는 글이 둥둥 떠다니고 머릿속에는 지나간 시간이 필름처럼 스쳐 지나간다. 그 과정이 시작되면 도무지 잠들 수가 없다.

남들이 보기에 만사 편하고 부러워 보이는 나의

현재도 거저 얻은 것이 아니다. 좋아하는 만화 〈강철의 연금술사〉에 이런 말이 나온다. "사람은 뭔가를 희생하지 않고서는 아무것도 얻을 수 없다. 뭔가를 얻기 위해서는 그와 동등한 대가를 필요로 한다. 그것이 연금술에서의 등가교환의 법칙이다."

우리는 매번 '무엇을 얻고, 무엇을 잃을 것인가'라는 선택의 기로에 놓인다. 흥미로움도 크지만 두려운 마음도 뒤따라와 나의 가슴을 지그시 누른다. 오늘 밤, 이 글을 쓰고 또 몇 시간 동안이나 침대 머리맡을 서성일지 모르겠다.

이제는
돌아갈 수 있을 것
같아

4
—

귀국이 얼마 남지 않아 미리 취직자리를 알아보려고 오랜만에 이력서를 써보았다. 나름 아등바등 살아온 30년의 인생이 몇 줄로 정리되어 버리는 것이 씁쓸했지만, 한 줄, 한 줄 궤적을 따라 지난 시간을 돌아보니 그래도 나쁜 삶은 아니었다는 생각이 들었다. 앞으로 무엇을 새로 채워야 할까 생각하며 보던 중 두 문항이 눈에 띄었다. 그것은 바로 취미와 특기를 묻는 칸이었다. 나란 사람은 무엇을 잘하고 무엇을 즐겨하는 사람일까. 한국에 있는 친구들에게 이런 고민을 말하자, 먼저 취직한 친구들은 그런 항목 따위 무시해버리라고 했다. 친구들의 조언대로 두 항목을 이력서에서 지워버렸지만, 한동안 머릿속에서 지워지지 않고 맴돌았다.

이런 저런 걸 아무리 떠올려 봐도, 어쩔 수 없이 내 특기는 공부였다. 그렇다면 취미는 무엇일까? 생각은 꼬리에 꼬리를 물고 어린 시절까지 나를 끌고 갔다. 그러다 딱 한 가지, 반짝이는 것이 펼쳐졌다. 그 시절부터 꾸준히 즐겨온 것이 있었다.

초등학교 시절 용돈을 받으면 매주 화요일 아침 등굣길에 문방구에 들러 만화책 〈아이큐 점프〉를 샀다. 그 덕에 당시 유행했던 〈드래곤볼〉을 비롯해 누구보다 빨리 만화계(!) 소식을 접했고, 작품별로 곱게 오려 스크랩북에 모으기도 했다. 얼마나 좋아했던지 엄마, 아빠가 다 읽고 꽂아두신 책이나 공부가 끝난 참고서가 생기는 날이면 몰래 가지고 나와 집 근처 중고서점에 팔아버리고 그 돈으로 다시 중고 만화책을 사오곤 했다.

이후 만화대여점이 유행했는데, 매일 출근 도장을 찍는 바람에 주인아주머니와 절친이 되기도 했다. 덕분에 인기 많은 만화책을 출간 당일 받아보는 특혜도 누릴 수 있었다. 중학교와 고등학교, 대학교 때도 나의 만화 사랑은 계속되었다. 중간고사나 기말고사, 끝없이 이어진 의대의 갖가지 시험이 끝나면 친구들과 놀기보다 과자 한 봉지와 만화책을 빌려 집으로 돌아왔다. 방구석에서 뒹굴거리며 밤늦게까지 만화책을 읽는 것이 진정한 휴식이었다.

전문의 자격증을 따고 여행을 떠나기 전, 제주도에서 5개월 정도 살았다. 제주도에 머물면서 〈4월은 너의 거짓말〉이라는 만화책을 보았다. 엄마의 죽음으로 피아노를 칠 수 없게 된 천재 소년이 봄날처럼 다가온 한 소녀로 인해 변화하는 내용을 담고 있었다. 너무 감동적인 나머지 만화책만 다섯 번을 읽었고, 애니메이션도 세 번이나 보았다. 눈물이 없다고 자부하던 나는 어찌된 영문인지 볼 때마다 눈물을 참을 수 없었고, 5개월 동안 여덟 번이나 오열하고 말았다. 급기야 피아노에 빠져 독학으로 연습하기에 이르렀다. 제주도를 떠나던 날, 〈라라랜드〉의 OST인 〈City of star〉, 유키구라모토의 〈Meditation〉, 이루마의 〈The day after〉를 칠 수 있게 되었다. 취미가 특기를 선물해준 셈이다.

최근 웹툰의 시대가 도래하여 인터넷만 있으면 어디를 여행하더라도 쉽게 만화를 접할 수 있게 되었다. 만화 덕후인 내겐 그저 감사하기 그지없는 세상이다. 혼자 하는 여행이 외롭지 않았던 것도 웹툰의 공이 컸다. 캐나다 옐로나이프에서 오로라를 볼 때 예전에 보았던 〈나이트런〉이라는 웹툰을 다시 읽었다. 작은 도시라 할 일도 없었고 왠지 오로라를 보니 우주가 배경인 만화가 보고 싶어졌기 때문이다. 〈나이트런〉은 우주력 430년, 인류가 지구를 벗어나 우주에서 생활하고 있지만, 별을 차지하기 위해 침략해 오는 괴수와 끊임없이 싸우는 이야기를 다루고 있다. 글의 양이 많고 그림체가 다소 올드하긴 하지만 에피소드 하나하나가 소설 같고, 읽으면 읽을수록 작가의 치밀한 구성과 넓은 세계관에 감탄하게 된다. 무엇보다 우주에서 벌이는 전투 장면에 등장하는 화려한 불꽃이 왠지 오로라 같은 착각이 들었다. 잠이 오지 않는 밤 유독 많이 읽었던 웹툰도 있다. 〈가담항설〉은 길거리나 세상 사람들 사이에 떠도는 이야기라는 뜻으로, 사람이 되어버린 돌과 주인공이 여행하며 겪는 이야기다. 조신 시대가 배경이지만 판타지 요소가 가미되어 화려한 액션이 자주 나오고, 장르의 특성을 활용해 움직이는 그림체로 보여주어 매우 흥미로웠다. 그중에서도 가장 내 마음을 흔든 것은 주인공들의 대사였는데, 늘 바른 곳으로 정진하려는 주인공이 자신의 마음이 흔들릴 때면 아버지에게 질문을 한다.

"아버지, 변하지 않는 원칙이 있나요? 확신할 수 있는 진리가 있나요? 저는 어떤 것도 믿지 못하고 항상 흔들려요. 앞으로 나아갈 수 없어요."

"달이 뜨지 않는 밤에도, 얇은 초승달이 뜨는 밤에도, 너는 결국 보름달이 뜰 거라는 것을 알고 있잖니. 진실은 없는 게 아니란다. 어둠에 가려져 있는 거지."

주인공처럼 나 역시도 살아가면서 항상 흔들리고 나아가기 겁날 때가 많았다. 삶의 목표를 확실히 정하지 못하고 단순히 눈에 보이는 것을 좇으며 결과를 내는 것에 급급했다. 그래서 늘 초조하고 불안했다. 하지만 이 대화에서 아버지의 대답을 읽으며 어둠 속에서도 언제나 나를 비춰줄 달과 같은 것이 있다는 것이, 눈에 보이지 않아도 변하지 않는 소중한 것이 있다는 것이 있음을 확신할 수 있었다. 가끔 만화에서 발견하는 이런 주옥같은 깨달음 때문에 지금까지도 나의 만화 사랑은 계속되고 있다. 혹자는 비웃을 수도 있다. 그렇지만 취미도, 특기도, 깨달음도 꼭 거창할 필요가 있나. 언제까지나 나의 한 줄은 앞으로도 '만화'일 것 같다. 취미는 만화, 특기는 감화로.

사람을 부르는 호칭은 다양하다. 사회생활을 하다 보면 이름보다 직함으로 불리는 경우가 많다. 스무 명 남짓한 우리 병원에도 일개 직원인 J원장(나)부터 과장, 부장, 차장, 수술방 팀장, 외래 팀장, 마케팅 팀장, 상담 실장, 코디, 대표 원장까지 대기업 못지않은 직함들이 존재한다. 누군가와 처음 만나게 되면 상대방의 호칭이 고민되어 명함을 주고받으며 직급을 으레 확인하게 된다. 이마저 여의치 않은 경우 이름 뒤에 '선생님'이란 호칭을 붙인다.

나처럼 대학병원에서 오래 일한 사람이라면 누군가를 '선생님'으로 부르는 것에 익숙하다. 간호사 선생님, 교육 연구실 선생님, ○○○ 선생님……. 어떤 분이나 나이를 막론하고 이름 뒤에 '선생님'만 붙이면 대개 기분 나빠하지 않는 듣기 좋은 호칭이 된다.

예전에 근속 20년을 자랑하는 흉부외과 교수님의 통화를 우연히 들은 적이 있는데, 하도 '선생님, 선생님' 하시기에 은사님과 통화하시는 줄 알았는데, 자세히 들어보니 '컴퓨터 선생님'이었다. 교수님 댁에 컴퓨터를 고치러 온 분과의 통화였다. 이후로도 '보일러 선생님'까지 들어보았으니 교수님의 '선생님' 사랑은 끝이 없었다. 내가 이 호칭을 자주 사용하게 된 것도 그 당시 너무 정중해 보였던 교수님의 영향이 컸던 것 같다.

대학병원을 떠나 로컬 병원(개인 병원)에 오게 되니 평소 익숙하던 호칭이 문제가 되었다. 그간 대학병원을 찾는 사람들은 '환자'였는데 강남의 성형외과를 찾는 사람들은 '고객'으로 변해있었다. 이곳에서 나를 찾는 사람들이 '아픈' 사람만은 아니므로 환자라는 호칭이 적절하지 않다고 생각은 하지만, 이미 입에 배어 버린 습관은 고치기 쉽지 않다. 다른 한편으로는 '고객님'이라고 부르기에 의사라는 내 알량한 자존심이 거치적거리고 있었다.

그런 면에서 여행지에서의 '나'는 한결 자유로웠다. 여행을 하면 으레 많은 사람을 만나게 된다. 여행지에서 만난 사람들은 직업이나 나이보다는 그동안 걸어온 길이나 앞으로 나아갈 길에 더 관심을 가진다. 근사한 식당에서 서로의 명함을 주고받지 않아도 되고, 먼지가 날리는 아스팔트 길에 앉아서 꾸밈없는 이야기를 나눠도 전혀 문제가 되지 않는다. 그래서 이정환 '원장님'이 아니라 그저 '정환'으로만 존재할 수 있었다. 하지만 그중 몇몇은 나이며 직업, 사는 동네를 물어보며 호구 조사로 대화를 시작하곤 했다. 그럴 땐 또다시 원장님이 출동하게 된다. 요리조리 얼굴을 돌려보고 만져보고 견적을 내주어야 다음 이야기로 넘어갈 수 있었다.

그래도 여행 중에 원장님이 정말 필요했던 적이 있다. 뉴질랜드를 여행할 때 나를 비롯한 여행자 다섯 명은 한 팀이 되어 캠핑카를 빌려 뉴질랜드 남섬을 여행하고 있었다. 뉴질랜드는 영화 〈반지의 제왕〉의 촬영지로 쓰였을 정도로 자연경관이 뛰어난 곳이다. 우리는 2주일간 캠핑카를 타고 남섬을 돌기로 했다. 달리는 캠핑카 안에 누워서 숨 막히게 아름다운 풍경을 감상한다거나, 운전자를 제외한 모든 사람이 뒷좌석에 모여 도란도란 맥주를 마시며 게임을 즐긴다거나, 길을 가다 마음에 드는 풍경을 만나면 차를 멈추고 내려서 따뜻한 커피를 마시고 다시 출발한다거나 하는 것들이 우리가 생각한 캠핑카의 로망이었다. 하지만 핑크빛 로망은 렌트샵에서 차를 빌려 나올 때까지만 존재했고, 그 이후 실상은 녹록치 않았다.

첫 번째 난관은 멀리 떠나기도 전, 근처 마트로 장을 보러 가다가 발생했다. 일반 차량의 1.5배가 넘는 차량의 길이에, 생전 처음 해보는 우핸들 좌석까지, 우리는 멘붕 상태에 접어들고 있었다. 게다가 마트 주차장은 어찌나 좁아터졌던지. 입구를 통과하고 코너를 돌지 못해 끙끙대는 우리를 위해 주차된 차량 몇 대가 자리를 비켜주고 보도블록까지 밟고 나서야 겨우 진입할 수 있었다. 가까스로 후방주차에 성공하나 했더니 빵빵한 캠핑카의 궁둥이는 골목 주차의 달인이나 지나갈 만큼의 공간만 할애해 다른 차량의 통행을 불가능하게 했다. 결국 다시 차를 빼서 인근 공터에 주차한 후 장을 볼 수 있었다. 그리고 캠핑카 내 전기는 방전의 위험이 있어 오토캠핑장에 가야 코드를 꽂고 마음껏 사용할 수 있었고, 화장실은 스스로 치워야 하는 시스템이라 그 누구도 함부로 사용하지 않았다.

또한 겉보기에 튼튼해 보이는 이 캠핑카는 실제로

는 전혀 충격을 막지 못해 침대에 누워 경치를 구경하다가 방지턱이라도 만나는 날에는 공중부양을 하는 신기한 경험을 할 수 있었다. 길을 가다 짬을 내어 여유를 즐기기는커녕 매일 300km 이상의 거리를 운전해야 했던 일정 때문에 로망이나 여유는 느낄 새가 없었다. 사실 운전이 가능한 사람은 나뿐이어서 날이 갈수록 피로가 쌓여 몸과 마음의 여유가 점점 없어졌다. 비용면에서도 오히려 호텔보다 더 든 경우도 많았다. 밤중에 안전한 주차를 위해 오토캠핑장을 이용해야 했는데, 인원수 대비 비용을 계산하게 되어있어 사서 고생을 하는 상황이 종종 벌어졌다.

어느 날 늦은 아침을 먹고 설거지를 하던 때였다. 좁아터진 캠핑카의 세면대에서 6인분의 식기를 씻던 일행의 비명이 들렸다. 그는 울상이 되어 피가 뚝뚝 흐르는 손가락을 들고 나타났다. 먼저 그를 안심시키고 물을 부어가며 상처를 확인했다. 오른쪽 두 번째 손가락의 손바닥 쪽에 2cm가량 베인 상처가 있었다. 다행히 캠핑가 안에 응급키드가 있어 간단한 조치를 한 후 캠핑장 가이드의 도움을 얻어 인근 진료소를 찾았다. 진료소에 있던 가정의학과 의사는 상처를 보더니 찢어진 상처에 테이프를 붙여주고 약을 지어주겠다고 했다. 상처의 처치가 조금 아쉬웠던 나는 그에게 내 직업을 밝히고 치료에 허락을 구했다. 실제로 손가락은 좁은 공간 안에 신경과 동맥, 정맥, 굽힘 인대, 폄 인대 등으로 이루어져 있어 상처의 깊이를 정확하게 파악하기 어렵다. 그래서 반드시 상처의 깊이를 자세히 살펴보고 인대와 다른 구조물의 상태를 확인해야 했다. 일행의 상처는 얕아 보였지만 굽힘 인대에 일부 손상이 있었다. 하지만 크기가 10% 이내로 자연 회복이 가능한 상태라 다른 처치 없이 피부를 봉합하고 치료를 마칠 수 있었다. 이후로도 여행 중에 틈틈이 소독을 하고 마지막 날 실밥까지 뽑아준 후 우리의 여행은 무사히 끝이 났다.

이처럼 의사란 직업은 병들거나 다친 사람을 치료하여 다시 일상으로 돌려보내는 일을 한다. 초등학교 시절부터 그런 의사를 꿈꿔왔다. 어린 시절 유난히 고집불통이었던 나를 고모할머니께서 늘 업어서 달래고 보살펴주셨는데, 그 덕에 유난히 고모할머니와 친밀했고, 항상 고모할머니의 건강을 염려했다. 꿈을 키우던 시절 막연히 고모할머니처럼 세상의 모든 할머니, 할아버지들 의 굽은 허리를 펴주고 아픈 다리를 낫게 해주고 싶었다. 물론 지금은 그때와 조금 다른 의사가 되었지만.

나는 사람들의 작은 눈을 크게 키우고, 낮은 코를

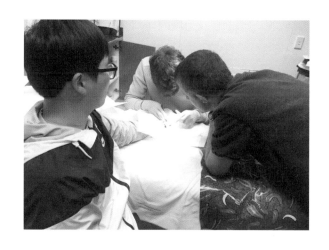

날렵하게 세워주며 처진 볼을 탱탱하게 올려주는 의
사이다. 어쩌면 그 시절에 그리던 내 모습과 지금의
나 사이의 거리만큼 '고객님'이란 호칭이 멀게 느껴지
는 건지도 모르겠다. 강남구에만 400여 개의 성형외
과가 존재한다. 서울의 중심이라는 강남 한복판에 이
렇게 많은 성형외과가 있는 이유는 무엇일까? 얼마 전
83세의 할머니가 코를 높이고 싶다고 병원에 찾아오
신 적이 있다. 고모할머니처럼 굽은 등을 가진, 성치
않은 걸음이었다. 자신의 낮고 못생긴 코가 평생의 한
이었다고 했다. 그분에게는 굽은 등이나 아픈 다리보
다 낮은 코가 평생 고통스러웠던 것이다.

오랜 대화를 나누었지만, 할머니는 결정을 내리지 못하고 병원을 나서셨다. 그 뒷모습을 보면서, 만약 할머니의 코가 젊은 날에 나와 같은 의사를 만나 지금보다 높아졌더라면 지금과 다른 삶을 살고 계셨을까? 더 당당하고 멋진 삶을 살게 되셨을까? 지금보다는 조금 더 허리가 꼿꼿하고 가벼운 발걸음을 가지게 됐을까? 문득 지금 내가 하는 일이 누군가에게 단순히 아름다움만을 주는 일이 아니라 그들의 삶까지 건강하게 만들 수 있는 일이 될 수도 있겠다는 생각이 들었다.

이 여행을 끝내고 돌아갔을 때, 나는 앞으로 좋은 '의사 선생님'이 될 수 있을까? 쉽게 답을 할 수 없지만 분명한 건 고객님이든, 환자든 대하는 마음이 크게 다르지 않을 것이며, 치료나 시술보다 앞으로의 인생을 위해 묻고 도움을 줄 거라는 사실이다. 이제는 정말 돌아갈 때가 온 것 같다.

마지막 겨울

여행의 마지막은 새하얀 겨울이었으면 했다. 돌아오며 보았던 것들을 다 덮을 수 있고, 겹겹이 쌓인 추억을 고스란히 담아둘 수 있는 깊고 넓은 곳이었으면 했다. 눈앞을 완벽히 가로막아 앞날을 떠올리지 않아도 되고, 어디로 가야 할지 길을 잃어버렸지만 어디로 가든 내 발자국이 나를 따라와 나만의 길이 될 수 있는 곳. 그저 혼자서 외로움을 많이 느낄 수 있는, 오래도록 걸을 수 있는 곳이었으면 했다. 지금 나는 신들의 산, 포카라에 머물고 있다.

내일부터 안나푸르나 트레킹이 시작된다. 안나푸르나 트레킹에는 여러 가지 방법이 있지만 훈련되지 않은 사람은 각 산의 베이스 캠프를 목표로 트레킹을 한다. 흔히 ABCAnnapurna Base Camp를 포함, 주변의 푼힐 전망대를 함께 둘러보는 7박 8일 여정과 안나푸르나를 둥글게 한 바퀴 돌며 작은 마을들을 거쳐 이동하는 15박 16일 안나푸르나 서킷 트레킹이 대표적이다. 같은 코스일지라도 세부 일정에 따라 차이가 크다.

이번 일정이 긴 여행의 마침표를 찍는 마지막 발걸음이므로 조금 둘러 가는 안나푸르나 서킷 트레킹을 택했다. 정상을 향하지 않고, 산을 가로지르지 않으며 모든 방향에서 하나의 풍경을 바라볼 수 있다는 누군가의 이야기가 가슴에 와닿았다. 밖에는 비가 내리고 있었다.

어린 시절, 주말 아침이면 비가 내리길 바랐다. 체육 교육을 전공한 아버지는 유독 운동을 즐기셨다. 외로움도 많으셨던 터라 그 시간에는 늘 가족이 함께해야 했다. 일요일 아침이면 친구들이 즐겨보던 〈디즈니 만화 동산〉 대신 계절마다 변하는 산을 억지로 보는 척하며 아버지의 엉덩이만 보고 걸어야 했다. 그 덕에 봄에는 산딸기를 따 먹고, 여름에는 계곡에서 물장구를 쳤으며, 가을에는 밤을 주웠고, 겨울에는 나뭇가지를 꺾어 만든 젓가락으로 라면을 끓여 먹을 수 있었다. 돌이켜보면 즐거운 추억이지만 당시 꼬마였던 내게 〈디즈니 만화 동산〉보다 재미있을 리 없었다.

이후 대학에 들어가 혼자 살게 되면서 더는 억지 산행을 가지 않아도 되었고, 조금 더 낮은 곳에 있는 푸르른 바다로 향하는 일이 많아졌다. 그런데 지금, 먼 타국의 높은 산을 마주하고서야 나를 끌어주셨던 어머니의 손과 업어주시던 아버지의 등이 떠올라 문득 묘한 기분에 휩싸였다.

누군가의 등을 빌려야만 겨우 오를 수 있던 그때, 산을 미워한 적이 많았다. 그런데 어른이 되어 홀로 산 앞에 있자니 왜 그렇게 부모님이 나를 산으로 이끌었는지 알 것 같았다. 그 온기를 기억했다가 내가 누군가에게 도움이 되는 사람이 되길 바라셨던 것 같다. 인생은 늘 후회와 깨달음의 연속이다. 이렇게 무방비 상태일 때 다가오는 울림은 길을 걷는 데 평생 동안 지표가 된다. 조금만 더 일찍 그 뜻을 깨달았다면, 부모님과 더 큰 사랑을 나누며 각박했던 내 인생을 좀 더 따뜻하게 채우며 살 수 있었을 텐데. 유독 비와 함께 그리움이 더해지는 밤이다.

히말라야의 밤하늘

Himalayas, Nepal

밤 11시 30분, 새벽 1시, 새벽 2시 45분 그리고 새벽 4시……. 습관적으로 눈을 뜰 때마다 시계를 확인한다. '이번엔 꽤 잤네. 아직 일어나려면 시간이 많이 남았구나. 30분 더 잘 수 있겠어…….' 시계를 보며 혼자 마음속으로 중얼거리고 다시 잠을 청한다.

고등학교 때부터였을까. 나는 잠을 잘 자지 못했다. 누가 내 귀에 보청기를 넣어둔 게 아닐까 의심한 적도 있었다. 잠을 자려고 누우면 모든 소리가 세밀하고 거대하게 들려왔다. 시계의 초침 소리, 선풍기가 일

168

으키는 바람 소리, 머리에 맞닿은 베개의 서걱거리는 소리, 불안정한 내 숨소리까지. 한낮에는 들리지 않던 소리가 밤이 되면 하나둘 서로의 이야기를 꺼내놓는 것 같았다. 그러다 겨우 잠이 들었지만 이내 눈을 떴다. 어차피 금방 눈 뜰 거라면 근사한 꿈이라도 꾸면 좋을 텐데.

숙소의 문틈 사이로 눈과 바람이 비집고 들어오고 있었다. 모든 옷가지를 동원해 단단히 메워두었지만, 이곳은 안나푸르나의 한 고지를 향한 마지막 숙소, 해발 4,800m의 'High Camp.' 숨을 쉴 때마다 코앞에 하얀 입김이 뭉게뭉게 서렸다. 해발고도가 높아질 때마다 공기 중 산소 농도 수치가 떨어져 산소결핍증상이 나타나기 시작했다. 잘 버텨주나 싶었는데 4,000m를 넘어서면서 두통이 시작됐다. 고산병은 이미 한 차례 겪어본 적이 있었다. 남미에서 해발고도 5,020m인 '비니쿤카(페루의 안데스 산맥에 위치한 트레킹 명소. '무지개 산'이라고도 불린다)'를 오를 때였는데, 지독한 숙취 같은 두통이 산을 내려올 때까지 사라지지 않았다. 그나마 그때는 당일치기 산행이었지만, 이번엔 600m를 더 올라가야 하는 상황이었다.

어젯밤 뒤늦게 찾아온 두통과 고산병을 이겨보려 진통제와 수면제를 먹고 누웠는데 역시나 제대로 된

잠은 찾아오지 않았다. 어떻게든 차분한 마음을 가져 보려 노력했지만 머무는 이곳이 하늘과 가까운 곳인 만큼 옹기종기 모여드는 사람들의 소리가 끊임없이 들려왔다. 휘몰아치는 눈보라와 세찬 바람 소리까지 더해져 신경을 자극했다. 한참을 뒤척이다 추운 날씨 때문인지 화장실이 가고 싶어졌다. 화장실은 눈보라를 뚫고 100m는 더 올라가야 했다.

마음을 단단히 먹고 문을 박차고 나가 눈보라 속으로 들어갔다. 몇 발자국 걷다 문득 고개를 들자, 칠흑 같은 어둠이 깔린 새벽 4시, 쨍한 빛의 초승달이 나를 비춰주고 있었다. 어둠 속에서 새하얀 눈 이불을 덮고 밤을 지새우던 초승달에 내 모습이 비쳤다. 달빛이 빚어내는 아름다운 풍경에 화장실에 가는 것도 잊고 한참이나 홀로 서 그 풍경을 감상했다. 불면증이 감사한 순간이었다.

아주 가끔, 잠결에 눈을 뜨고 미소 짓는 날이 있다. 누군가의 연락이 와 있다거나, 내 손을 꼭 쥐고 잠든 누군가의 숨결이 느껴진다거나. 비록 그런 잠결의 따뜻함은 없었지만 이런 풍경을 만날 수 있게 해준 내 고약한 잠버릇을 오늘은 칭찬해주고 싶었다.

결국 그것 또한 나의 발자국

Himalayas, Nepal

새벽 5시. 허울뿐인 문 사이로 들이치는 차가운 바람에 미처 떨치지 못한 졸음을 날려보내며, 핫초코와 팬케이크를 아침으로 먹었다. 입맛이 없을 법도 한데 미소가 지어지는 맛이었다. 만약 누군가가 안나푸르나를 다시 찾을 이유를 묻는다면, 주저 없이 산에서 먹은 이 음식들 때문이라고 답할 수 있다.

아침을 먹고 걸음을 이어나가다 잠시 멈추고 설산을 가만히 바라보았다. 깜깜한 새벽임에도 설산은 하얗게 빛을 내고 있었다. 온 세상의 평온함을 다 가져

다 놓은 것 같은 이 순간, 산 정상에서 불어오는 매서운 바람이 오늘 산행의 고됨을 예고했다.

해발 4,000m를 넘어서자 머리가 조금씩 지끈거리기 시작했고, 평소 작은 통증이 있던 오른쪽 어깨마저 저리기 시작했다. 새하얀 눈 위로 축 늘어진 내 그림자가 자꾸만 발목을 잡아끄는 것 같은 착각이 들었다. 하지만 눈밭에 내려앉은 봄 햇살이 살포시 등을 떠밀며 나를 응원해주었다. 다시는 오지 않으리라 후회와 원망을 반복하다 햇살에 반사된 설산의 황홀한 풍경에 넋을 잃었다. 오르락내리락하는 산처럼 내 마음도 갈피를 못 잡고 있었다.

지난밤 부모님께 편지를 썼다. 주말 아침이면 우리를 깨우던 아버지의 미소를 떠올렸다. 산을 오를 때 뒤처진 우리를 기다리며 지으시던 미소. 젊은 날의 아버지는 사랑 표현에 서툴렀고, 우리는 그 미소의 숨은 의미를 알아채기에 너무 어렸다. 아버지는 그저 당신이 가장 사랑하는 풍경을 매주 우리에게 보여주고 싶었을 것이다. 시금 이 설산에서 내가 아버지를 떠올리는 것처럼. 그 감사한 마음을 지구 한 바퀴를 돌아 디딜 수 있는 가장 높은 곳에 이르러서야 알게 되다니. 어느덧 그 시절의 아버지만큼 커버린, 어쩌면 아버지보다 표현에 더 서툰 아들이 되어버린 지금의 모습에 문득 죄송한 마음이 들었다.

"아버지, 지금 저 언덕 위에 아버지가 기다리고 계시다면, 미소 지으며 손 내밀어줄 당신이 있다면, 이 높은 산도 고향의 산과 같을까요? 어머니, 등 뒤에서 저를 따스하게 감싸줄 당신이 있다면 오늘 같은 매서운 추위도 따스한 봄날 같을까요?"

그리움을 가득 삼키고 다시 혼자가 되어 한걸음 내딛는다. 사람의 발소리를 먹고 자란 듯한 히말라야는 묵묵히 등을 떠민다. 숨이 턱까지 차오르고 머리는 점점 조여와 고개를 들 수 없다. 이내 아무 생각도 할 수 없었다. 나란히 걷는 여행자들의 그림자만이 하얀 눈 위에서 선명하게 서로를 밀고, 당겨주고 있었다.

다시 한 걸음, 또 한 걸음. 드디어 눈앞에 5,416m의 'Thorong La Pass'가 펼쳐졌다. 잠시 멈춰 뒤를 돌아보니 땅만 보고 내디딘 보잘것없는 내 작은 발자국들이 모여 길을 내고 있었다. 사람들의 표정을 보니 누군가는 홀가분하고 누군가는 새로운 시작을 할 수 있는 힘을 얻은 듯했다. 내 표정도 크게 다르지 않겠지.

쉽지 않은 여정이었지만 덕분에 평생 잊지 못할 풍경을 두 눈으로 어루만지고 있었다. 스스로를 믿고, 끊임없이 발자국을 만든 결과였다. 앞으로도 스스로를 믿고 멈추지 말아야지. 물론 망설일 수는 있을 것이

다. 하지만 시간이 걸린다 하더라도 길을 낸 오늘의 작은 발자국을 떠올리며 어제와 오늘 그리고 미래의 나를 위해서 일단 나서봐야지. 그리고 누군가를 묵묵히 잡아주고, 당겨줄 수 있는 사람이 되어야지. 온통 하얀 풍경에 다짐을 선명히 새기고 있었다.

　　사실상 여행이 끝났다. 꽤 오랫동안 고산병으로 몸
은 무거웠고, 머리 또한 설산에서의 고된 기억과 여정
으로 가득 차 터지기 직전이었다. 며칠을 집 안에 틀어
박혀 지냈다. 주로 방에서 커피를 마시며 페와 호수를
감상했고 종종 술도 마셨다. 며칠간의 휴식 끝에 발걸
음을 옮겨 마지막 여행지로 떠나기로 했다. 마지막 나
라는 베트남이었다. 무더운 날씨를 좋아하지 않아 계
획에 없었지만 올해 초부터 '호치민시 한국국제학교'
에 교사로 근무하게 된 친형을 볼 요량이었다. 2년 이

상 근무해야 하는 조건이라 한동안 못 볼 형과 형수 그리고 밉상스러운 조카 녀석들을 만나기 위해 비행기 티켓을 끊었다.

네팔에서의 마지막 날, 장기여행자의 면모를 뽐내며 항공권을 구매했다. 하지만 뜨거운 가족 상봉에 들떠 떠나는 나를 질투하는지, 네팔은 쉽사리 나를 놔주지 않았다. 출국을 대기하고 있는데 공항 직원이 따로 불렀다. 이유인즉슨, 내가 구매한 티켓의 비행기가 오전 8시 비행기라 이미 출발했다는 거였다. 하지만 내가 구매한 티켓에는 정확히 저녁 8시라고 적혀있었다. 인쇄해 간 비행기 티켓을 보여주며 재차 확인을 요구했지만 돌아오는 대답은 변함이 없었다. 내가 구매한 사이트가 중국계 대행 사이트였는데 실제로 발권해 준 티켓과 메일로 보낸 티켓이 다르다는 이야기였다. 황당함에 해당 사이트 직원과 통화를 시도했지만 자신들은 실수가 없으며, 티켓은 교환이 불가하므로 바꿔줄 수가 없다고 매몰차게 답했다. 가족 상봉의 시도는 그렇게 끝나고 말았다(이 티켓은 한국에 돌아와서도 환불 받지 못했다).

게다가 가지고 있던 돈은 공항에서 이미 탈탈 털어다 써버린 상태였고, 추가로 인출하기 위해 찾은 공항의 ATM기는 제대로 작동하지 않았다. 울며 겨자 먹기로 남아있는 달러로 값비싼 택시비를 지불하고 나서야 겨우 숙소로 갈 수 있었다. 하지만 불행은 계속됐다. 힘들게 도착한 숙소는 만실이라며 지친 나를 내쫓았고, 하는 수 없이 나는 무거운 가방을 메고 거리로 나섰다. 우울한 마음을 달래려 근처 한식당에 들어가 따뜻한 비빔밥에 맥주 한 잔을 주문했다.

근근히 우울한 기분을 떨치고 새로운 숙소를 잡아 짐을 풀고, 새 티켓을 발권했다. 동이 트자마자 다시 공항으로 향했다. 그런데……. 어라? 이번엔 공항 문이 열리지 않는다? 다른 여행자들의 얼굴에도 당황한 기색이 역력했다. 알 수 없는 영문에 어제의 불운이 오늘까지 계속되는 건 아닌가 하는 오만가지 생각이 몰려왔다. 한참 뒤 테러 위험 때문에 잠시 공항을 폐쇄한다는 소식이 들려왔다. 정말 테러를 당한 기분이었다. 공항 밖에서 하릴없이 6시간을 대기해야 했다. 드디어 딜레이 되었던 비행기들이 슬슬 출발하기 시작했다. 이제 정말 이 나라를 뜨나 했지만, 전광판에 절망적인 단어가 등장했다. Cancelled .

그 단어가 붙은 비행기가 내 비행기가 맞는지 눈을 비비고 재차 확인했다. 전광판에는 똑똑히 'Cancelled'라고 적혀있었다. 가족 상봉의 2차 시도 역시 실패였다. 오늘도 이곳에서 머물 거라고 예상하지 못했던 나는 다시 ATM기에서 돈을 인출했다. 숙소 이곳저곳을 알아봤지만 돌아오는 대답은 모두 만실. '데자뷔인가?' 다시 가방을 메고 또 정처 없이 걷다 한식당에 들어가 눈물의 비빔밥과 맥주로 허기를 달랬다. 겨우 힘을 내 숙소를 찾았고, 도착 후 변경된 티켓을 확인했다. 그런데 두 장의 티켓 중 경유지에서의 티켓은 날짜가 변경되어 있는데, 여기를 출발하는 티켓은 날짜가 수정되지 않은 채였다. '아……. 그만……. 제발 날놔줘…….'

출국일에 맞춰 구입한 전화카드는 이미 다 써버려 새로 구입해야 했고, 구입 후 전화가 개통되자마자 항공사에 스케줄 수정을 요청하는 전화를 걸었지만 통화는 연결되지 않았다. '내일이면 비자까지 만기인데…….' 걱정이 꼬리에 꼬리를 물어 도저히 잠들 수 없었다. 밤새 마음을 졸이다 아침 일찍 공항으로 갔다.

장기여행자의 여유는 이미 사라진 지 오래였다. 공개 수배자마냥 불안에 떠느라 아무것도 들리지도, 보이지도 않았다. 떨리는 마음으로 공항 식원에게 여권을 내밀고 한참을 기다렸다. 엄청난 선고를 받는 죄수처럼 그 잠깐의 시간이 영원처럼 느껴졌다. 결과는 다행히 패스. 방긋 웃으며 티켓을 내어주는 공항 직원에게 '단야밧(감사합니다)'이라고 인사를 건네고 출국장

으로 향했다. 드디어 탈출이었다. 비행기는 지긋지긋한 네팔을 떠나 하늘 높이 날아올랐다. 며칠 동안 고생한 게 억울해 한참이나 네팔을 내려다보며 저주를 퍼부었다. 그런데 창밖 저 멀리 구름 사이로 나를 배웅하는 히말라야산맥이 보였다. 아름다운 풍경을 보여주며 나를 향해 반갑게 인사하고 있었다. 영롱하고 아름다운 그 모습에 속상했던 마음이 녹아내렸다. 그리고 나도 풍경을 향해 작별 인사를 건넸다.

'네가 날 붙잡았던 거냐? 어쩌면 너를 좀 더 보고 가라고 그 고생을 하게 했나보구나. 너무 힘들었지만, 그래도 덕분에 행복했어. 고마워. 이제 정말 안녕. 나도 널 잊을 수 없을 거야. 안녕, 네팔.'

"삼촌—"

불도 켜지 않은 깜깜한 방 안. 큰 조카 윤아는 오늘도 어김없이 내 침대로 달려와 쌀 한 가마니쯤 되는 무게로 나를 짓누른다. 나의 일과는 그렇게 눈곱도 떼지 못한 채 시작되고 만다. 겨우 눈을 비비며 한마디 해보지만 소용이 없다.

"윤아야, 어제도 많이 놀았잖아. 오늘 삼촌 좀 자면 안 될까?"

"안돼. 오늘은 안 놀았잖아. 매일매일 놀아줘야지."

누가 가족이 가장 큰 안식처라고 했던가? 히말라야는 힘들면 쉬어가면 되었고, 번지점프는 무서우면 포기라도 할 수 있었다. 하지만 네 살 아이에게 포기는 없었고, 휴식이란 세상에 없는 단어였다. 그나마 아침 일과는 간단한 편. 유치원 등교를 앞두고 있는 터라 간단하게 손을 잡고 뒤돌기 대여섯 번, 자동차 밀어주기 두세 바퀴면 자유가 기다리고 있었다.

윤아와 큰 형이 출근하고 나면 나와 형수는 작은 조카 한결이에게 집중했다. 하지만 말 못 하는 두 살 아이라고 해서 우습게 봐서는 안 된다. 요즘 부쩍 힘이 좋아져 원하는 것을 말없이 내 앞에 가져다 놓는다. 그리고 실내가 답답한지 하루에 두 번 정도 외출을 하지 않으면 목이 쉴 때까지 울음으로 분노를 표출한다. 덕분에 후텁지근한 베트남에서 에어컨은 꿈도 못 꾸고 아기 띠를 메고 밖으로 나선다. 그래도 공항에서 나를 처음 만났을 때 낯설어 계속 울기만 했던 한결이인데, 이런 변화가 내심 고맙다. 오후 2시, 드디어 가사도우미가 올 시간이다. 정말 고마운 분이다. 4시까지 도우미에게 한결이를 잠시 맡겨두고 형수와 나는 저녁 장을 보거나 못다 한 집안 정리를 한다. 그러다 4시가 되면 형수와 나는 초조해진다. 윤아가 유치원에서 돌아올 시간이기 때문이다. 벨이 울리고 윤아의 목소리가 들린다.

"삼춘—"

윤아는 요즘 의사 놀이에 푹 빠져있다. 내가 준 청진기를 목에 걸고, 누워 있는 나를 진찰하기 시작한다. 나는 머리, 배, 손가락, 다리 등 그날의 주치의가 정해준 부위를 아픈 척 연기한다. 그간 봐온 환자들을 떠올리며 혼신의 연기를 하지만 매일 혼나기 일쑤이고, 내가 아무리 메서드 연기를 한다 해도 윤아의 흥미가 떨어지면 바로 다른 놀이로 갈아타야 한다.

5시가 되어 큰 형이 퇴근을 하면 우리는 남아있는 힘을 짜내 협공으로 아이들을 피곤하게 만든다. 목마를 태우거나 등에 태워 엉금엉금 기고, 때론 넓게 펼친 이불에 두 아이를 태워서 비행기 놀이를 하기도 한다. 작전이 성공하면 아이들은 9시쯤 잠자리에 든다. 비로소 하루가 잘 끝났다는 안도와 함께 우리는 자연스레 냉장고에서 맥주를 꺼내 서로 병을 부딪히며 승리의 축배를 든다. 질릴 법도 한데 누가 먼저랄 것도 없이 자연스럽게 아이들 이야기를 한다. 오늘은 한결

이가 '아빠'라고 두 번 얘기했다든지, 윤아의 바뀐 머리가 예쁘다던지. 우리는 가끔 잠자는 아이들을 기웃거리며 볼에 뽀뽀를 하고 돌아오기도 한다.

한 아이는 한 세상이라는 말이 있다. 아이는 마사이족보다 열정적이며, 사막의 태양보다 뜨겁다가도 토라지면 아이슬란드의 빙하보다 차갑다. 울음소리는 이구아수 폭포 마냥 우렁차고, 변덕은 오로라처럼 변화무쌍하며, 어른의 말을 이집트 상인의 호객행위처럼 귓등으로 듣는다. 하지만 속마음은 히말라야의 만년설처럼 순수하다. 끝난 줄 알았던 나의 여행이 조카들을 만나 다시 시작되고 있었다. 며칠 전만 해도 나는 히말라야를 오르내리며 죽을 고비를 넘겼지만 지금은 육아라는 새로운 산을 다시 오르내리고 있다. 고산병의 피로가 어째서인지 아직 사라지지 않은 듯하다.

태어날 때부터 나에게 주어져 행복을 느끼게 하는 것들이 있다. 가족, 고향, 외모, 성격 등 이것들은 위험으로부터 나를 보호해주고, 두려움을 뚫고 앞으로 나아가게 한다. 그중 가장 감사한 것은 두말할 것 없이 '가족'이다. 날 때부터 주어졌지만 당연하다고 느낀 적은 단 한 번도 없다. 세상에서 가장 감사해야 할 존재들, 평생 더 많이 사랑하고 존중할 것이다.

"나의 가족이 되어줘서 고맙습니다. 그리고 윤아야, 한결아. 매일 밤 너희를 봐도 하루의 피로가 사라지진 않아. 그래도 하루의 행복은 언제나 너희로부터 시작된단다. 나의 작은 세계가 되어줘서 고마워. 사랑해."

삼촌은 누군가를 사랑하려면 대화가 꼭 필요하다고 생각했어.

말로 하지 않으면 알 수 없으니까, 무엇이든 말해달라고.

그렇게 상대방에게 이야기했고 그렇게 믿어왔거든.

그래서 아직 두 살, 네 살인 한결이, 윤아랑은 깊은 대화도

사랑도 할 수 없을 거라고 생각했지.

베트남 공항에서 우리가 처음 만난 날을 기억하니?

그날 까맣게 탄 나를 보고 놀라 대성통곡하는 너희 모습에

이 거리를 어떻게 좁혀나가야 하나 고민이 됐단다.

그렇게 하루하루 같이 눈을 뜨고,

같이 밥을 먹고, 같이 주스를 마셨어.

온종일 서로 눈을 마주 보고,

장난을 치고, 같이 잠자리에 들었지.

그러다 어느 순간,

아침마다 날 깨우는 너희의 목소리가,

내 다리를 붙잡고 올려다보는 너희의 눈빛이,

내 손을 잡아 이끄는 작은 온기가,

어느새 심장의 박동을 느낄 수 있을 만큼 가까워져있더라.

굳이 어떤 대화가, 말이 필요 없던 거였더라고.

그렇게 너희를 사랑하게 됐어.

이렇게 사랑은 다양한 색깔로 나를 물들이는구나.

또 하나를 배웠어.

너희가 세상이고 내 스승이구나.

다시 만날 때까지 조금 시간이 걸리겠지만

늘 사랑하며 기다릴게.

사랑한다.

삼촌보다 더 행복하고 풍요로운 삶을 살아가길.

삼촌으로부터.

한국에 도착해 집밥과 눈칫밥을 동시에 먹으며 요리조리 살 궁리를 하고 있습니다. 한국에 도착해보니 부모님은 새로운 집으로 이사를 하셨고, 형은 외국으로 떠나 살고 있으며, 오랜만에 만난 할머니는 저를 손자며느리로 착각하고 혼란스러워하셨습니다. 덕분에 30분간 출신학교와 직업, 나이 등 신상명세를 세세히 브리핑한 후 겨우 손자의 존재를 이해만 시켜드릴 수 있었습니다. 할머니는 지저분한 지금의 저를 보고 몰라보게 예뻐졌다고 좋아하시니, 내리사랑은 그저 놀랍기만 합니다.

한국은 생각했던 것보다 서늘했습니다. 미세 먼지 걱정도 많았는데 며칠 동안 비가 내린 후라 그런지 맑은 하늘을 보여줬습니다. 게다가 그립던 모든 사람들이 같은 하늘 아래 있다고 생각하니 반갑기 그지없네요. 여행이 끝나기 전 동행했던 여행자가 집요하게 질문을 했어요. "여행이 끝나가니 어때? 집에 가려니 어때?"

솔직히 처음엔 마음도 복잡하고 정리가 안 되어 있어, 질문이 조금 귀찮았습니다. 하지만 덕분에 그동안의 기억을 조금씩 되짚어보고 자신에게 묻기도 했습니다. 그리고 그 질문에 답할 수 있었습니다.

"집에 가서 너무 좋다. 여행이 끝나니 너무 좋고, 다시 시작할 수 있을 것 같다."

조금 싱겁나요. 그 어떤 후회도, 아쉬움도, 미련도, 못다 한 것도 없던 시간이었습니다. 수술방 구석에서 꼼짝없이 얼어 여행을 결심하던 그 순간, 이런 시간이 너무 필요했습니다. 대단하지 않아도 온전히 나일 수 있는 그런 순간들이요.

꿈을 꾸다 아침에 일어나 꿈인지 현실인지 헷갈려 배시시 미소 짓는, 그런 달콤한 꿈을 꾸고 난 기분입니다. 그 꿈같은 여행에는 늘 많은 사람이 함께해주었습니다. 사랑하는 가족, 친구, 함께 했던 여행자들, 스쳐 간 많은 인연들. 그리고 여행지마다 자신의 자리를 묵묵히 지키고 있던 사람들. 누가 요즘 세상이 삭막하다고 했나요? 여행을 하는 동안 받은 응원과 격려는 평생 받은 것보다 더 따뜻하고, 거대했습니다. 때때로 낯설고 힘들었지만 덕분에 버틸 수 있습니다.

이제 현실을 꿈처럼 소중히 여기며 살아가려고 합니다. 그 힘으로 새로운 꿈을 꿀 수 있을 것 같아요. 앞으론 적어도 쉽게 무너지지 않을 것 같습니다. 긴 여행을 통해 잃은 것도 많지만 두 발로 서는 법을 배웠거든요. 그리고 가족에 대한 사랑은 더욱 깊어졌고 스스로에 대한 믿음도 더욱 커졌습니다. 의사로서, 한 사람으로서 더 뜻깊고 의미있는 일을 많이 할 수 있을 것 같습니다.

떠나고 싶어도 떠날 수 없는 시대입니다. 운이 좋게 많은 나라를 돌며 제가 느낀 이야기를 여러분께 할 수 있게 됐습니다. 여행은 참 많은 걸 저에게 가져다주네요. 곧 떠날 수 있게 된다면 많은 걸 내려놓고 온전히 '나'로 걸어보셨으면 합니다. 나를 수식하는 직업이나 나이, 성별 말고요. 언젠가 다시 길에서 만나게 된다면 이름을 꼭 불러주시면 좋겠습니다. 여러분의 삶을 응원하겠습니다. 모두 행복한 우리가 되길 바라며 글을 맺겠습니다.

고맙습니다.
또 사랑합니다.

2021년, 초봄. 이정환.